幽《ゆう》遊《ゆう》菓《か》庵《あん》～春《しゅん》寿《じゅ》堂《どう》の怪奇帳～二

真鍋　卓

富士見Ｌ文庫

図版イラスト　二星天

もくじ

一話　狐の弟子入りと名無しの和菓子　5
二話　御赤飯と妖《あや》しの書　78
三話　さお秤と三《さん》姉兄《きょう》弟《だい》　146
四話　落《らく》雁《がん》と蓮の華　214
~春寿堂のお品書き~
あやかし和菓子の作り方　292
あとがき　295

一話　狐の弟子入りと名無しの和菓子

1

今日から、今年最後の月だな。秋夜《しゅうや》名《な》月《つき》はそんなことを思いながら、空を見上げる。一面に青い膜をはったような空を線で区切るかのように雲が浮いていた。

十二月がおとずれた。

「まさか、この店で今年の最後を迎えることになるとは」

名月は感心とも呆《あき》れともつかない台詞《せりふ》を口にする。和歌山《わかやま》県にある高野山《こうやさん》。その閑静で荘厳な街にある和菓子屋『春寿堂《しゅんじゅどう》』で働いていた。今はちょうど、開店時間に合わせて、店先の掃除をしている最中だ。

先月の中旬に初雪が降り、木々の枝に残されていた葉はすべて落ちてしまった。今では、裸になった枝に、雪がつもり、時々、枝の上に溜《た》まった雪が、自身の重さに耐えきれず、地面に落ちる。

ひっそりと静まりかえる高野山の早朝では、その雪が地面に落ちる音を明瞭《めいりょう》に聞き取ることができた。これも一つの情緒なのだろう。

道路を挟んだ向かい側の道に、人影があるのに気づいた。若い僧侶《そうりょ》と外国人と思《おぼ》しき金髪の男が、何かを話している。外国人の方は観光客だろうか。高野山が世界遺産になってからは外国人観光客もずいぶんと増えた。

この密教の聖地ともいえる高野山で、外国人の姿が珍しくなったというのも、妙に感慨深いものがある。

「掃除は終わったか？　名月よ」

悠然とした声が店内から届く。名月はそちらを見やり、声を発した主を見た。

そこには和装の怪人の姿があった。腰まである銀色の髪に、鋭く官能的に伸びた瞳《ひとみ》。線の細い体と頭のバランスはよく、性別不明の人形が出現したような錯覚に陥った。

「もうすぐ終わりますよ師匠」

名月は敬っているとは言いがたい平坦《へいたん》な敬語で返事をした。怪人の頭を見ると、獣の耳のようなものがついている。

事実、獣の耳だ、とげんなりしながら、今年の最後を共にするであろう怪人のことについて考えた。

目の前の怪人こそが、この春寿堂の店主であり、僕の雇用主である玉藻《たまも》だ。

そして人間ではなく、狐の妖怪《ようかい》で自称『神』だ。あまりにも突飛な属性が付与されたが、真実なのだから仕方がない。

「うむ」玉藻は満足気に頷《うなず》いて見せる。「綺麗《きれい》になっとるな」

「まあ、仕事ですからね」

「それに約束のこともあるしな」玉藻がこちらの心中を見透かすように言ってくる。「早く、幽霊や妖怪と縁のない世界で暮らしたいよ。まったく。といったところか？」

「勝手に人の心を読まないでくれ」

だがその通りだ、と名月は自身が置かれている状況を再確認する。

名月は生まれた時から、人ならざる者、俗にいう幽霊や妖怪なる存在を見たり触れたりすることのできる体質だった。

この大きすぎるハンディキャップのせいで、名月の人生スゴロクは惨憺《さんたん》たる有様だった。幽霊に呪われ、妖怪に命を狙われる。別に進みたくもない茨《いばら》の人生街道を歩いた末、現在、目の前の玉藻という神と『この店で三年働く代わりに、幽霊や妖怪を見ることのできる体質をなかったことにする』という契約を結ぶ羽目となった。

「我ながら、滑稽《こっけい》ですよ。人間じゃない存在と関わり合いになりたくないのに、その人間じゃない存在が運営している店で働いているんだから」

「これも縁だよ。縁。お主という人間の結んだ縁というやつだ」

「はあ」と名月は重い息を吐く。「師匠は、何かあるとなんでも縁縁縁、だ」

「その通り。この世に偶然というものはない。あるのは必然だけだ。お主が、私の店で働くことになったのも、そのおかげで様々な者たちと出会えたのも……」

「おかげだとっ」名月は玉藻の言葉を遮るように、苦々しい声を出した。「いいか。おかげって言葉は、いい結果が出た時に使うものだ。決して、今まで以上に幽霊や妖怪と関わり合いになる機会が増えた時に使うものではない」

名月は断じる。僕の人生はどうなっているのだ、と誰にでもいいから苦情をぶつけたい衝動に駆られる。

のっけから軌道に不安のある人生だったのに、その人生の軌道を上方修正しようとすればするほど、かたくなに下方修正されていき、無軌道ぶりに磨きがかかるばかりだ。

「何度もいうが。この世に無駄なことなどひとつもない。お主が結ぶ縁は、お主にとってなくてはならぬものだ。神の私がいうのだから間違いない。の、名月よ」

「その神のあんたがいうから厄介なんだ」

げんなりした表情をつくり、名月は店の中へ入ろうとする。ふと足をとめ、さきほど僧侶と外国人がいた、向かい側の道の方を見やった。が、すでに二人の姿はどこにもなかった。

そんな名月の様子を見て、玉藻はくつくつと笑う。

「な、なんだよ。その不気味な笑みは」

「いや。なんでもない」玉藻はすばやく断じ、そしてこうもつけくわえた。

「さて今回も、和菓子とお主が紡ぐ縁の行く末を見届けさせてもらおう」

「なんのことだか」

肩をすくめ、今度こそ店に入った。

暖房のきいた店内は上品な内装だ。引き戸を開けると、正面に木製のディスプレイが現れる。その中にはどら焼きや最中、焼き餅《もち》や上生菓子などが並べられている。

上生菓子に目をやり、おや、と思った。先日まで販売していた上生菓子とは違うものが並べられている。趣のある木製の小皿が並んでおり、その上に玉藻がつくった生菓子がのせられていた。横には小さな紙に生菓子の菓銘が、毛筆で書かれている。

「そうか。今日から十二月だから、生菓子も替わるんだった」

名月はぽつりとつぶやき、十二月の生菓子を見ていく。右から順番に、薯蕷《じょうよ》に雪の結晶の焼き印を押した『雪の花』、煉《ね》りきり生地でこし餡《あん》を包み、鳥の形に絞った『浜千鳥』、キントンで水仙の花を抽象的にあらわした『水仙』、色の違う羊羹を流し合わせて、冬の光景をあらわした『冬景色』――どれも十二月にふさわしい菓子だ。

最後のひとつを視界に収めた名月は、眉《まゆ》をひそめた。

最後のひとつは、外郎《ういろう》という餅に似た生地――正確には餅粉を使っているので、餅といって差し支えないのだが――その生地を淡い白や青で染め上げ、さらにそこに、黄色い生地を張り合わせて、細い線を引いた長方形の生地をつくる。そして、つくった生地をリボンのように結んだ菓子があった。

違和感を覚えたのは、菓銘を書く紙が白紙だったことだ。他の四つはきっちりと菓銘がつけられているのに、この菓子だけ、名前がついていない。

「なんでこのお菓子だけ、名前がつけられていないんです？」

「ん？　ああ、それか」玉藻はとくに困った風でもなく口を開く。「なんとなく戯れでつくってみたのだが、まだ、菓銘を考えていないだけだ」

「ふーん」

「……お主が考えてみるか？　名月よ」

玉藻が唐突にそんな台詞を口にした。玉藻の顔には意地悪そうな表情が浮かんでいる。

ふんだんに警戒を練り込んだ目を玉藻に向け、「どういうことです」と訊《たず》ねる。

「なんなのだ。その警戒と不安と嫌悪に彩られた素敵な瞳は？」

「分かってるじゃないか」名月は臆《おく》することなく応じる。「師匠。あなたが僕に何かしらの話を持ちかける場合、大抵、ろくな目が出ない」

「ふ。そんな馬鹿な」玉藻は鼻で笑う。

「馬鹿ではない。師匠と出会ってから、今日に至るまで、こういう場面でいいことが起きたためしがない。むしろ不測の事態しか発生していないじゃないか。師匠の言う『縁』が発生する確率が高い」

「思い違いではないのか」玉藻が平然とした態度で返してきた。「お主の縁はお主のものであるから、決して私のせいではない」

「ふざけないでください。僕のこの厄介な縁の始まりと終わりを担当しているダブルヘッダーのくせに」

「うまいことというなあ」

「うまくない」

「ともあれな。お主のその考えは杞憂《きゆう》というものだよ。いいか。師匠が和菓子の修業を始めて一年たらずの弟子に、自分のつくった菓子の菓銘を考えさせるなんて、ありえない話

できた」

「いや」名月は即座に否定する。「いいですか師匠。僕は常に最悪の事態を想定して、何も起きていない事象に対して、あらかじめ失望しておくという、万全の態勢で人生を歩んできた」

「おもしろい人生観で世を渡ってきたもんだなあ」

「哀れまれこそすれ、感心されるいわれはない」名月はそう抗弁し「でもですね」と続けた。「師匠と出会ってから起きる事象……師匠のいうところの縁ですが、その縁と呼ばれる事象に対しても、僕はあらかじめ、入念に脳内シミュレーションをおこなって、十分に失望しているはずなのに、その失望を上回る濃密な絶望を覚えることばかり起こる」

「世をすねとるなあ」玉藻は愉快げにくつくつと笑った。

玉藻に再び抗弁をしようと口を開きかけた時だった。背後にある店の扉が開く音がなり、「ごめんくださあい」という幼げな声が聞こえてきた。十二月の冷たい風が、名月のうなじを舐《な》めるように当たり、冷静さを取り戻した。

反射的に笑顔をつくり「いらっしゃいませ」と翻る。

店に入ってきたのは奇妙な子供だった。玉藻とよく似た白く長い髪が目立ち、着ている服は藍染《あいぞめ》の着物だ。男の子か女の子かも分からない容姿は、やはり玉藻と通ずるものがある。獣の耳が頭から生えているところも、本当に玉藻にそっくりだ。唯一違う点といえば、おしりからまるで獣のようなしっぽが生えている点だろうか。

「いらっしゃいませ」

名月は冷や汗を流しながら、笑顔で子供を出迎える。きっと、最近の子供たちの間ではこういうファッションが流行《はや》っているに違いない、という安直で薄い氷以上にもろい希望にしがみつく。

子供は店内で、まるで敵の縄張りに入った小動物があたりを警戒するように、せわしなく視線を這《は》わせている。

「ええと」名月は口の中に泥を詰め込まれたような声で、子供に語りかける。「どういう用件かな」

「あ。はい」と子供は背筋を伸ばした。たどたどしい挙動で「あの、この店に、玉藻様。辰狐《しんこ》王《おう》の玉藻様はいらっしゃいますか」と来た。

名月は額に手をやり、めまいを必死に抑える。やっぱりこう来たか、と鬱々《うつうつ》とした気分を覚える。

「ほう。珍しいな。子狐の妖怪か?」玉藻は興味深げに子供を見下ろした。

「ああっもう。なんだってそう致命的な台詞《せりふ》を口にするんだ。もうちょっと現実から目をそらしていたかったのに」

「まあ、たとえこの場で延命しても、結局は致命となるのだから、結果は変わらんさ」

「おい。さっき僕の嫌な予感は杞憂にすぎないって言ったのは誰だよ。そいつをここに呼んでくれ」

「して、子狐が私に何の用だ？　和菓子を買いに来たとは思えんが」

「無視をするな」

あ、はい。と子狐は居住まいを正した。緊張した面持ちで、数拍の間をあけ、大きく口を開く。

「あ、あの。ぼ、ぼくを弟子にして下さい！」

名月はなんとなく狐の嫁入りという言葉を思い出した。

狐の嫁入り、ではなく、狐の弟子入りだな、と。

2

「はあ、いったいあの子狐はどういうつもりで、師匠の弟子になりたいだなんて思ったんでしょうね」

　仕事を終えた名月は、店で使っている前掛けをほどきながら、住居として使っている店の二階へと足を進めていた。

　あのあと、弟子にしてくれ、と直談判《じかだんぱん》してくる子狐に対して、後にしてくれ、と玉藻と名月は応じた。

　むろん、仕事があるからである。

　すると、子狐は、玉藻に対する熱意なのか、はたまた元来もっていた図々《ずうずう》しい性質なのか「では、仕事が終わるまで、待たせて頂きます」と春寿堂の二階にある茶の間で、勝手に待機し始めた。

　そして仕事を終えた名月と玉藻は、階段を上った先にある、つまりは、子狐の待っている茶の間に向かっていた。

「はあ」と再び、名月は重い息を吐く。「狐というのは、自分本位な奴が多いんですか？」

　名月は目の前にいる玉藻の背中に声を飛ばした。名月の当てこすりに、玉藻は楽しそうに肩を揺らす。

「狐ほど思慮深く、慈悲深く、愛すべき動物はいないぞ」

「僕はどこで笑えばいい？」

「好きな時に笑うがよろしかろ。笑う門には福来たる、だな。福の神は笑うのが好きなのだ」

「笑う?」名月は眉をひそめる。「笑うのが好きって、それは不幸な人間を見て嘲笑《ちょうしょう》するって意味じゃないよな」

「場合によりけりだな」

「何の場合なんです」

得るべきものなどなにもない、不毛なやりとりに辟易《へきえき》しながら階段を上っていると、階段を上った先にある茶の間から、のっぴきならない騒音が聞こえてきた。

誰がどう考えても、茶の間で何者かが暴れているに違いない。

誰がどう考えても、その何者か、というのは子狐に違いない。

「あの子狐くんは何を暴れてるんだ」名月は眉をひそめた。

「いったい何が起きている?」

ここにきて、玉藻の表情が曇った。おそらく自分の家のものが破壊されるかもしれないことが、不愉快なのだろう。

名月としては師匠が不愉快なのは愉快なことではある。

子狐も意外といい仕事をするじゃないか、と表情を緩めながら、茶の間のふすまを勢いよく開いた。直後、眼前に奇妙なものが現れた。扉を開けば、そこには茶の間が見えるはずだ。八畳ほどの空間の中央にちゃぶ台があり、壁には掛け軸がかかっている。豪華とはいえないまでも、好感がもてる和の空間が広がるはずだ。

なのに今、名月の目の前には無骨な土器、名詞で表すなら湯飲みなるものが迫っている。

ああ、僕の顔面に湯飲みが飛んできているのか、と理解するのと、その湯飲みが名月の顔に当たるのはほぼ同時だった。

「どわっ」

視界に星がちらつき、そのまま背後に倒れ込んだ。顔を手で押さえて、痛みが引くのを待つ。

「ふむ」と玉藻は平坦《へいたん》な声を出す。「まあ、妥当なところだな。私のことを馬鹿にするから、天罰が降《くだ》るのだ」

「……勝手に……人の考えを読まないで下さい……」

涙目になりながら、名月は立ち上がり、茶の間の様子をうかがった。そこには、子狐とある少女が取っ組み合いになりながら、まんじゅうを取り合っている、ばからしい光景が繰り広げられていた。

おかっぱ頭の小柄な少女だった。玉藻が着ている作務衣《さむえ》の上だけをまるでワンピースのように着用している。目は常に虚空を見つめ、生気がなく、あれだけ暴れているのにも拘《かか》わらず、黙々と目の前の作業を処理しているような、無感情な表情に見える。

「なにをしておるのだ？　あずきよ」

玉藻が救いようのない愚者を目の当たりにしたような、あきれ果てた目を少女に向け、その愚者の名を呼ぶ。

この少女はあずきという名で、玉藻が創《つく》った式神だった。玉藻の式神の割には、玉藻の命令は一切聞かず、玉藻の作るお菓子を、ちょくちょく盗み食うという、どちらかといえば、玉藻および名月の足を引っ張る方針をゆるがせにしない少女だ。

「あ、主様」あずきと呼ばれた少女は、温度を感じさせない目で玉藻を見やった。「あのね。この変な奴がね。あずきのまんじゅうを奪おうとしたんだ。知らないけど」

「違いますっ。玉藻様！」子狐が爆《は》ぜるような声を上げた。「その不逞《ふてい》の輩《やから》が、玉藻様の店からまんじゅうをくすねていたので、成敗しようとしたのです」

肩で息をしながら、子狐があずきを指さした。子狐の行動を影のように真似て、あずきも子狐を指さす。

「人のものを奪おうとするなんて、神様が許しても神っぽいあずきが許さない」

「んだよ神っぽいって」名月は肩をすくめながら呟《つぶや》いた。

「まあ、式神だから、神っぽいといえば神っぽいな」玉藻が冷静に解釈する。

「だから僕はこいつを……」

子狐はそこまで言って、口の動きを止めた。高ぶりが収まったのか、まじまじとあずきを観察している。あずきも子狐を、生気のない瞳《ひとみ》で眺めている。

「「そもそもこいつ誰」」

あずきと子狐の唱和をきき、名月は、まずはそこからか、と嘆息する。

荒らされた茶の間を片付け、子狐に事情を聞ける状況になったのは、それから三十分ほど経過したあとだった。窓の外を見ると、夜のとばりが降り、人を呑《の》み込むような闇が広がっていた。

ちゃぶ台を隔て、玉藻と名月とあずきは、子狐と対面するように座っていた。

「そうでしたか。この不逞の輩は、玉藻様の式神でしたか。このように使えもしない式神をやしなってやるとは、玉藻様も慈悲深いですな」

子狐が、憎らしげにあずきに顔を向ける。

「あずき、こいつ嫌い。知らないけど」

「して、子狐よ。今日はどういう用件で来たのだ。私の弟子になりたいとか言っていたが」

子狐は居住まいを正し、まるで剣士が相手を正眼に構えるような瞳で、玉藻を見た。

「はい」

「僕は、高野山の辺境から来た狐で、名を篤胤《あつたね》と申します。辰狐王であらせられる玉藻様の弟子になりたくてお邪魔した次第です。玉藻様は森羅万象すべてを操る秘術を持っていると聞き及んでおります。その秘術を僕に授けて欲しいのです」

「ちょっと師匠っ。それは本当ですか？」

「本当とは？」

「その森羅万象を操ることができる云々《うんぬん》ってやつです。そんな術があるなら、なぜ弟子である僕に教えない？」

名月は半ば糾弾するように台詞をはく。玉藻は涼しい顔で、名月の責めを受け流していた。

「弟子？」篤胤が語尾を上げ、名月に目を向けた。怪訝《けげん》そうな顔を名月に向け、しばらくしたあと、相好を崩した。「あなたも玉藻様の弟子なのですか」

「ああ。こやつは名月という名で、私の弟子だ」

「やはり、そうなのですかっ」篤胤は身を乗り出して、名月に顔を近づけた。大きな瞳は爛々《らんらん》と輝いている。「名月様はどのような術を使えるのですか？　玉藻様の弟子ということはさぞや高名な妖怪《ようかい》なのでしょうね。僕のことは篤胤とお呼び下さい」

尊敬というよりは憧憬《しょうけい》に近い瞳を向けられ、名月は心の中で、ごめん、と謝った。ごめん、僕は妖怪ではなく人間なのだ、と。

どうやら、篤胤は玉藻の弟子になる気まんまんのようだ。こちらの事情を考慮しないところを見ると、この狐の妖怪も、玉藻に勝るとも劣らない自分本位さを持っているらしい。

「君はどうしてそこまでして、師匠の弟子になりたいの？」

「ええと」篤胤は、歯切れが悪い声で応じた。

「何か特別な事情でもあるのかな？」

妖怪の事情になどいささかの興味もなかったが、会話の流れ上、そう訊《たず》ねる。

「いいえ。ありません。あるわけがありません。僕は妖怪として名をあげるためだけ。そのためだけに、玉藻様の弟子になりたいのです。そこに他意は、ありません」

篤胤は、何かをとりつくろうように、強めの語気で否定した。あまりにもあからさま過ぎる誤魔化しに、名月は苦笑する。

「まあ。いいや。あまり相手の腹を探るのは好きじゃないし。で、師匠、どうするんです？　本当にこの子を弟子にするんですか？」

「なにとぞよろしくお願いいたします」

慇懃《いんぎん》に頭を下げる篤胤に対して逡巡《しゅんじゅん》するように玉藻が「ううむ」となるのと、「あずきは反対だよ」とあずきが異を唱えたのは、ほぼ同時だった。

その場にいる全員の視線が、あずきに集まった。玉藻たちのコミュニティーの一員であるにも拘わらず、玉藻たちと私生活を交える機会といえば、店の商品を盗み食いする時だけという、限りなく厄介な隠遁《いんとん》生活を送っているあずきが、自ら意見をいうなど珍しい。

名月は、世紀の瞬間を目の当たりにできたことに、胃に穴が空きそうな感動を覚える。

どうせこのあとの展開は、僕が不利になるようなことにしかなるまい。

「おい。なんだ貴様。なぜ貴様が、僕の玉藻様への弟子入りを拒否しているんだ」

「あずき、お前のことが嫌いだからだよ。知らないけど」

「僕だって、貴様のことなど嫌いだ」

「意見が合うね」

「まったくだ」

売り言葉に買い言葉、という言葉が名月の頭をよぎる。このような見るべきものが何もない、水掛け論を傍聴する趣味などない。

「で、なんで、あずきはこの子のことが嫌いなんだい？」

「あずきのおまんじゅうを盗もうとしたからだよ」あずきは平然と言い放つ。

「盗人猛々《ぬすっとたけだけ》しいとはあずきのことをいうんだろうね」名月はやや疲労感を覚える。

あずきは胸を張った。そして、自身の胸の内をとうとうと語る。

「日本には、年功序列っていうありがたい風習があるよね。それに則《のっと》ればね、主様が一番偉くて、二番目に偉いのは、この店で二番目に長くいるあずきになるね」

こういう暴力に限りなく近い理屈によって、無能なる上司が誕生するのか、と名月はひとつ利口になった気分だった。観念するように両手をあげ「その二番目に偉いあずきは、この子の弟子入りは反対だと？」とおどけながら訊ねた。

「そうだね。あずきのものを盗《と》ろうとする奴は駄目のだめだめだね。知らないけど」

「……だったら」と声を出したのは篤胤だ。ただでさえ鋭い目をさらに鋭くし、あずきを突き刺すように見ていた。「だったら、僕も日本のありがたい風習を使わせて貰《もら》おう」

「ありがたい風習？　あずき知らないよ」

「下克上だっ！」篤胤は爆竹が爆《は》ぜるような声を出した。「僕と勝負しろ。そして僕が勝利したら、貴様は僕よりも劣る存在になってもらう」

「いずれにせよ。僕がもっとも下であることは不動なわけだね」

「いえ。名月様は兄弟子ですので、特別です」

「それはそれは」

「その勝負、受けた」あずきが高らかに宣言する。「名月が」

「馬鹿な」さりげなく付け足されたあずきの独善のチラリズムに名月は愕然《がくぜん》とする。「なんで僕が、あずきの身代わりにならなくちゃいけないんだ」

「その勝負、受けたっ！」玉藻が威勢よく言った。「名月がな」

「馬鹿な」堂々と付け足された玉藻の悪意のチラリズムに名月は絶望する。「なんで師匠が口を挟むんだよ」

そこまで抗弁したところで、玉藻の表情がやけに、にやついていることに気づく。こちらを見て、嬉《うれ》しそうに笑っている。まとわりつくように粘度の高い笑みに、名月はしまった、と後悔の念を抱く。

「しまった。師匠はきっとこうなることが分かってたんだ、と思ったろ？　名月よ」

「なんでもかんでも人の心を読まないでください」

「私も日本の風習を重んじようとしているだけだ」

「なんです。その風習は？」

「合縁奇縁、だな」

「それは風習ではなく四字熟語だっ！」

名月は声を荒らげた。が、名月の言葉は、篤胤の台詞《せりふ》に遮られる。

「その勝負、受けたっ！」篤胤が宣言した。「たしかに合縁奇縁です。兄弟子様の胸をお借りするつもりで、勝負させて頂きます。よろしくお願いいたします」

「僕は受けていない」

「ならこうしよう。もし名月が決闘に勝てたら、一つだけ好きな願いを叶《かな》えてやる」

「その勝負、受けたっ！」

名月は誰よりも高く声を上げた。

3

僕は師匠に騙《だま》されているだけではないのか。

そんな疑問を腹に抱えたまま、数日が経過した。子狐の妖怪、篤胤と決闘するのは、三日後だ。理由は単純明快で、その日が春寿堂の定休日だからだ。

あと三日、決闘への困惑と玉藻への疑惑を自分の体の中で培養しなければならないと思うと、憂鬱《ゆううつ》な気分になる。

そもそも決闘の内容がまだ未定なのが理解しがたい状況だ。いったい玉藻はどういった勝負を考えるつもりなのか。例えば、不思議な力を使った勝負ならば、僕に勝ち目はない。

「自業自得とはいえ……なんだって僕がこんな目に。胃がいたい」

「そう項垂《うなだ》れるな、細かいことは気にしないのが肝要だ」

「細かいこと？　あのですね師匠。人類にとって、妖怪と決闘することは決して細かいことじゃないんです。人跡未踏の秘境を攻略するよりも、珍しいことですよ。世にこんな人間がいると分かったら、きっと世間の耳目を集める自信がある」

「名誉なことではないか」

「あのな」と名月は子供を諭す親になった気持ちで口を開いた。「たとえばハブとマングースが戦う見世物を見て、ああ、このハブとマングースは名誉な奴らだな、とか思うのか？」

「人間というのはつくづく残酷な存在だな。ハブとマングースを戦わせるなどと、おぞましい」

「あんたそのおぞましいことを僕でしただろうっ」

「気のせいではないか？　私は常に愛弟子のためになることを思って行動しているぞ」

玉藻の言葉をきき、名月は諦観《ていかん》するように肩を落とした。

この人に、いやこの神に、何を言っても無駄か。

玉藻がおもむろに「すまんがオブ粉をとってくれないか？」と言ってくる。オブ粉なる名詞の意味が分からない名月は、きょとんとした顔で、逡巡し、合点したように「ああ」と呟《つぶや》く。

今、名月と玉藻は、卵と上白糖と小麦粉を混ぜ、焼き上げた生地に餡《あん》と求肥《ぎゅうひ》の餅《もち》を入れた菓子を作っていた。名月は生地を担当し、玉藻は菓子に入れる求肥を切っているのだが、切った求肥同士がひっつかないようにオブラートを粉末状にしたものを塗《まぶ》す必要がある。玉藻が言っている『オブ粉』とはおそらく『オブラートの粉』という意味なのだろう、と見当をつけた。

名月は流し台で手を洗い、棚からオブラートの粉が入った袋を取り出した。それを玉藻に渡す。

「おお。すまんな」

「いいえ。それにしてもなんですか師匠。オブ粉って？　呼びかたがじじい臭くないですか」

「何を言う。これこそ日本的なオブラートの呼びかただぞ。名月よ」

やはり古くさい呼称なんじゃないか、と名月は抗弁したくなるが、また話が変な方に流れそうな予感がするので、口を閉ざした。

その瞬間、「ならば俺が口を開こう」とでもいうように、セットしてあったタイマーがけたたましく鳴り響いた。

「おおっ。時間か」

玉藻は蒸籠《せいろ》が設置してある台まで進んだ。積み上げられた蒸籠の隙間からは、逆流する瀑布《ばくふ》のような蒸気が噴き上がっている。

玉藻は台のレバーを引き、蒸気を止めた。蒸籠を開けると、赤子の頭ほどもある薯蕷饅頭《じょうよまんじゅう》が姿を現した。蓬莱山《ほうらいさん》という商品で、簡単に言えば特大の薯蕷饅頭の中に小さな薯蕷饅頭が沢山入ったものだ。

「蓬莱山ですか？」

「ああ。別注でな。西室院《にしむろいん》という寺院からの注文だ」

「何か縁起のいいことでもあったんですかね」

「さあな。ちなみに蓬莱山は、中国にある幻の山で、不老不死の仙人が住んでいる。ということは知っているか？」

「いえ。初耳ですね」

「不老長寿は人間の望みの一つだからな。こういう饅頭一つにもそういう意味や願いをかけたいんだろう」

「へえ」

「して名月よ。例の菓子の名前は決まったか？」

玉藻の言葉に、そういえばそんなこともあったな、と先日の玉藻とのやりとりを思い出す。今月の生菓子の一つに菓銘の決まっていないものがあった。その名前を決めるのがなぜか名月になったのだ。

「まだですよ」名月は正直に答える。

「そうか」玉藻は何を思う風でもなく顎《あご》を引いた。「ゆっくり考えればいいさ。この蓬萊山のようにそのものずばりで菓銘をつけてもいいし、もっと遊び心を生かした名前にしてもいい」そこで玉藻は話を区切った。「では、名月よ。今の作業が終わったら、この蓬萊山を西室院に配達してきてくれ」

「わかりました」

名月は素直に頷《うなず》き、配達の準備をした。

4

西室院は女人道に面した道路沿いにある寺院だった。宿泊施設もあるので、高野山にお墓を持っている人たちもよく利用している。もっとも、高野山にある院とつく施設はほぼすべて、宿泊施設をかねているので、特別珍しい場所でもないのだが。

西室院に到着して、長い石だたみを進む。一つ目の大きな門を抜けると、もう一回り小さな木製の門が現れる。その門をくぐると、右手にある小さな池が目に付いた。鯉が悠々と泳いでいる。

池の水面が、つつかれるように揺れはじめた。鼻を空へむけると、頬に雨粒が落ちてきた。曇天模様だったので気になってはいたが、こうも早く降り出すとは。

名月は慌てて、西室院の事務室にいる男性に、蓬萊山を渡し、帰路につこうとした。西室院の門を抜けたあたりから、雨脚が速まってくる。

「このまま店に帰ると、濡《ぬ》れ鼠になっちゃうな……」

たしか、西室院の隣には、波切不動《なみきりふどう》を祀《まつ》った寺があるはずだ。観光客のために開放されており、ちょうど寺の下には青いベンチもあるので、雨宿りにはもってこいだろう。

名月は了見を定めると、雨に追い立てられるように、波切不動尊へ向かった。数十秒で波切不動尊へたどり着き、そのまま本殿の軒先へ避難した。設置されている青いベンチへ腰掛ける。

「これはしばらく降り止まないぞ」

名月は困ったような顔で独りごちる。

「まいったなあ」何者かの声と自分の声が唱和した。

「どわっ」

「わっ」

突如として降ってわいた声に、名月は肩を大きく上下させる。声のほうを見やると、本殿を挟んだ反対側にある青いベンチに、一人の女性が座っていた。大学生くらいだろうか。はつらつとした瞳《ひとみ》に、茶色く染められた肩まである髪。ジーパンに白いダウンジャケットを着ている。手荷物を持っていないところを見ると、地元の人間か、あるいは高野山に滞在している観光客だろう。

「えと、その」と名月は当惑気味に空笑う。「すいません。驚かせちゃって」

名月の反応を見て、女性はカラカラと元気に笑った。この雨模様であっても、彼女だけはまるで陽気な太陽の下にいるかのような明るさだ。

「私のほうこそごめんなさい。脅かしちゃいましたね」

「いや」と名月はくぐもった声を出す。「別に気にしてないよ」

気まずい沈黙が、あたりにたちこめる。

「お兄さんも雨宿りですか？」

そんな空気に耐えかねたのか女性がそんなことを訊《たず》ねてきた。この状況下で雨宿り以外になにがあるのか、という疑問を覚えつつも、名月は「まあね」と応じる。

「奇遇ですね」と女性は白い歯を見せる。「私もです」

「だろうね」

再度、訪れる沈黙。

「ええと、私はあまり雨って好きじゃありません。お兄さんはどうですか」

「僕は別に嫌いじゃないけどね。窓からみる雨の景色って独特だし……まあ、お客さんの足が遠のいちゃうのは少し残念だけど」

「お客さん、ですか？」

ここに来て名月は、これってもしかして、まずいのではないだろうか？ と少しばかり嫌な予感を覚える。

春寿堂に就職してからの、短い期間ながらも圧倒的な濃密さで名月を襲う出来事を通じて、玉藻のいう『縁』とやらが発生する兆しを感じ取る能力が強化されていた。

その、別段鍛えられなくてもよい能力によると、この女性とこれ以上会話を続けると、また望みも望まれもしない『縁』が紡がれる可能性が高い。

「さっきから気になっていたんですけど。その服装はどこかの制服ですか？」

「え。ああ。いや」名月は目を泳がせながら「うん、そうかな」と応じた。

「バイトか何かですか」

「バイトっていうよりも、まあ、修業というか、なんと言うか」

「修業ですかあ」女性は華やかな表情で、感心してきた。「私とそう違わない年頃なのに、もうきっちりと働いているなんて、偉いですね」

「それは、えと、ありがとう」

「私なんて、ぜんぜん働いたことなくて。よく頑張っても高野山大学の図書館でお手伝いするのが関の山ですよ」

「……君は高野山大学の学生さんなんだね」

これはまずい、と名月は慌てる。どんどんと、女性と自分の情報が開示されだした。このまま会話を続ければ、まず間違いなく、玉藻のいう『縁』が発生してしまう。

どうしたものか、と悩んでいると、雨音に混ざるように子供の声が聞こえてくることに気づいた。なんとなくその声のもとを辿《たど》る。

声は名月が座っているベンチの裏あたり、つまりここから死角になる本殿の脇から、流れてくるようだった。

その声が無闇に気にかかる。自分でも不思議なぐらいに、頭の中がクリアになり、その声の正体を確かめようとしていた。名月は、女性の口の動きを制止するように、彼女の顔の前に手をやった。

「？　どうしたんです」

「声が聞こえる」名月は真剣な面持ちで呟く。

「声ですか？　私には聞こえませんが」

女性の言葉は無視して、名月は耳をすます。やはり声は聞こえた。さらに神経を集中すると、どうやら子供の叫び声のようなものだった。

時ならぬ悲鳴、とまでは言わないが、それでも焦燥や怒りを孕《はら》んでいるようにも思われた。

名月はベンチから腰を上げ、本殿の壁ぞいから本殿脇を窺《うかが》った。軒先から落ちてくるしずくが肩にかかるのが不快だが、声の正体を突き止める方が先決だ。

距離が縮まったおかげで、さきほどより明瞭《めいりょう》に声を聞き取ることができるようになった。

雨音に混ざるノイズのように「放せっ」だとか「なんなんだ貴様らっ」だとか「人間が僕に触るな」だとか、罵声《ばせい》が聞こえてくる。

「この声は……」

どうにも聞き覚えのある声に、名月は体が濡れるのをいとわずに、体を乗り出し、本殿脇をのぞき見た。

案の定、声の主は篤胤だった。奇妙なのは、篤胤が見知らぬ男子高校生二人に、脇を持ち抱えるように抱き上げられているというところだ。

男子高校生たちは、決して上品とはいえない笑みを浮かべて、顔を見合わせている。

「なあ、この狐どうする」

「狐なんて珍しいからな。色々と実験しようぜ？」

「特別残酷な実験にしよう」

「放せ！　人間風情が僕に触るな」

篤胤が、空中にういた両足をばたばたとふっていた。

「あの子、こんなところで何をしてるんだ？」

「ああ」と悲嘆な声を出したのは女性だ。「あの高校生たち、子狐をどうするつもりなんですかね」

「君はあの子狐が見えるのか？」

名月の質問に、女性は不思議そうな表情をつくる。

「見えるに決まってますよ」

「まあ、そうだろうね」

名月は、しまった、と内心で舌打ちをした。僕の目には篤胤は人間に近い容姿で見えているが、どうやら通常の人間には、普通の四足歩行をする狐として見えているようだ。

自分が見えているものと、通常の人間が見えているものが違うという経験は初めてのことだった。大抵は、自分が見えていて、他の人には見えていないというケースしかないのだ。

ある意味、あの子狐は希有《けう》な存在なのだ、と感心してしまう。

「どうしよう。あの子を助けなきゃ。でもどうやって……」

女性が、おろおろと周囲を見渡し、最終的に、名月を潤んだ瞳で見つめた。

名月は重い息をついた。もうすべてを見なかったことにして、あわよくば、この女性と出会ったこともなかったことにして、この場を去りたいが、篤胤の危機的状況を見てしまった以上、そういうわけにはいかない。

「しょうがないか……」

陰鬱《いんうつ》な気分を首から垂らしているようだ。名月は、自分の間の悪さを呪いながら、「ねえ。君たち」と男子高生たちの前まで歩みよった。

男子高校生たちは、親の敵を見つけた、とでもいわんばかりの険しい顔をつくり、名月を見る。

「んだよ。お前は」一人の男子高生が言った。

「あ。名月様」篤胤が思わぬ伏兵を得た、といった顔でこちらを見る。

「まあ、いいじゃないか僕のことは。それはそれとして、なんでその子をいじめてるんだい」

「いじめてねぇよ」もう一人の男子高校生が吠《ほ》える。「こいつが、俺たちの傘をめちゃくちゃにしやがったんだ」

男子高校生の足下を見る。たしかに、爪や牙《きば》で損傷したと思われる傘が二本、転がっている。

「罪と罰って本をしらねえのかよ」

教養とは無縁そうな、浅はかさ丸出しの男子高校生の口からそのようなタイトルが出てくること自体が衝撃的だな、と名月は思う。

「知ってるけど、読んだことはないね」

「俺たちもねえよ」

「だろうね」

「だけど、やっぱり罪には罰が必要だろうが？　だったら、この子狐にも罰は必要だ。これはしつけだよしつけ」

「違いますぞ。名月様」と篤胤が訴えてくる。「先に僕を捕まえようとしたのは、こいつらです。僕は自衛のために、やむなくっ」

「先に、手を出したのは君たちみたいだけどね。まあ、目撃者の証言としては、だけど」

「ちっ。見てたのかよっ」

「見てたような、見てなかったような」名月は空とぼけた。

「ふざけんなよ。俺たちは、嘘つきが大嫌いなんだ。人をはめるような真似しやがって」

「それは結局、『俺たちは俺たちのことが大嫌いだ』って言ってるのと同じだけど……」

「うっせ！」

篤胤を抱きかかえていない方の男子高校生が、唐突に殴りかかってきた。直情的で直線的な動きだ。日頃から、妖怪《ようかい》や幽霊を相手にしている名月にとっては、避《よ》けるのはたやすい。名月は、体を半分そらせ男子高校生の一撃をさけた。ついでに足をかけ、男子高校生を転ばす。

男子高校生は、どわっ、という短い悲鳴を上げ、砂利の敷き詰められた地面に転がった。

さて、どうしたものか、と名月は一考する。あまり暴力沙汰《ざた》にはしたくない。

「ん？」

ポケットの中に何か入っている。確認してみると、さきほど玉藻に渡したオブラート粉が入っている。どうやら棚に戻すのを忘れていたらしい。

そこで名月の頭の中に妙案が浮かんだ。が、あまり気が進まない。進まないが、やるしかないのが厄介だ。

「あまり、お菓子の材料を無駄にするのは好きじゃないんだけどな」

言いながら、名月は篤胤を抱える高校生に向かって、オブラート粉を躊躇《ちゅうちょ》なく投げつけた。

「うわっ!」男子高校生が悲鳴を上げて、臆《おく》する。

白いオブラート粉は高校生と篤胤に盛大に降りかかり、雨に濡《ぬ》れ、すぐに透明になった。

透明になったのを見計らい、篤胤を抱え奪った。男子高校生は篤胤を強くつかみ、引き戻そうとするが、名月はなんなく篤胤を奪い取った。

「なんだよっ。このぬめぬめした粉は!」

「オブラートの粉だよ。それは水に濡れると、よく滑るようになるから」名月は説明口調で言う。「とりあえずこの子は返して貰《もら》ったよ」

「ふざけんなっ! ぜってい殺す」

まあ、そうなるわな、と名月は男子高校生の怒りに共感する思いだった。このあたりが頃合いだろう、と名月は判断する。篤胤は回収したので、あとは戦略的撤退の即時実現を目指すべきだろう。

華麗なる逃走の作戦を考えていると、本殿の方から「もしもし警察ですか。喧嘩《けんか》です。何人かの高校生が、一人の男性を囲んで喧嘩してます。場所は……」という女性の声が聞こえてきた。

その声に反応するように男子高校生たちは「やべ」と顔を見合わせて頷《うなず》きあうと、名月に対する怒りを霧散させたかのように、走り去っていった。

「名月様、助かりました」

篤胤が抱きついてきた。篤胤が無事であることに安堵《あんど》すると同時に、オブラートで汚れた体が不快だった。名月は「無事でよかった」と言いながら、さりげなく、けれども、頑《かたく》なに、篤胤を自分からはなした。

「大丈夫ですか？」

女性が本殿の軒先から頭だけをだし、こちらの様子をうかがってきた。彼女の助力がなくとも、この場を収める自信はあったが、彼女が警察に連絡してくれたおかげで、楽にあの男子高校生たちをしのげたのも事実だ。

「大丈夫だよ。助かった」

「それはよかったです」

「名月様？　あいつは何者です」

「さあ」名月は正直に答えた。「知らない人だね」これも事実だ。

篤胤の顔が険しくなった。嫌悪というよりは怨讐《おんしゅう》に近い、ただならぬ感情を感じた。

「彼女がどうかした？」

「……いえ」篤胤がかぶりをふった。「あいつそのものがどうこうではありませんよ。僕は人間が嫌いなのです」

「そうか」

名月は静かに頷いた。僕もその人間なのだ、とは口がさけても言えない雰囲気だ。

表情を一変させ、篤胤は相好を崩した。

「そうだ。助けて頂いたお礼に、僕の家に招待します。ぜひよっていって下さい」

「別にお礼なんて……うわっ」

篤胤が強引に名月の手を引き、走り始めた。つんのめりそうになりながら、名月は篤胤の後に続く。

「あっ。ちょっと」女性が弾けるように声を上げた。「お兄さん。変な体勢でどこへいくんですか？　待って下さい。私まだお兄さんに質問したいことがっ」

そうか、あの女性の目には、篤胤の姿が映っていないのだから、この体勢は確かに奇妙に映るな、と冷静に分析する。そして、このまま篤胤のあとについていけば、女性から逃れることができるな、と打算的に考え、あえて彼女の言葉を無視した。

5

篤胤の家は、波切不動から少し離れた森の中にあった。名月が配達した西室院。そこから少し北にいったところに、山の中へ入れる小さな坂道があるのだが、その坂道を登り、途中で、森の中へ進入して十五分ほど歩いたところだ。

篤胤の家は名月が想像していた以上にちゃんとしていた。廃墟《はいきょ》となった祠《ほこら》を利用したのか、木造の瀟洒《しょうしゃ》な建物だ。

「どうぞ中に入ってください」

「ああ、ありがとう」

観音開きの祠を開け、さらに驚く。くたびれた祠の中なので、もっと汚れていると思ったが、思いのほか、綺麗《きれい》な内装だった。テーブルもあれば、椅子もあり、食器棚すらある。その奥にはさらに扉が見えるところからして、最低でももう一部屋はあるのだろう。祠というよりは、完璧《かんぺき》な家に近い。

促されるまま、椅子に座る。ぼんやりと内装を眺めていると「ゆっくりしていってください」と篤胤は対面に腰掛けた。

「すごい家だね」

「？　そうですか？　普通だと思いますが」

「そうなんだ」名月は空笑う。「まあ、仕事もあるから、すぐにお暇《いとま》させてもらうけど」

「残念です」と篤胤はしゅんとする。「いや、でも本当にすごかったですね。あの人間ふたりの猛撃を軽やかに避け、さらに、不思議な術を使い、僕を救出してくださるなんて。蝶《ちょう》のように舞い、蜂のように刺す、丁々発止、八面六臂《はちめんろっぴ》の大活躍」

篤胤が羨望《せんぼう》のまなざしを向けてきた。目が爛々《らんらん》と輝いている。

「大したことじゃないよ」

事実、男子高校生を転ばせ、オブラート粉をあびせただけなのだから、大したことはない。

「謙遜《けんそん》なさるな。それであの術はなんという名前なのです？」

「……オブ粉散布だよ」

「おぶこさんぷ……ですか。不思議な名前ですね」

そらそうだろ、何せ既成の名詞ではないのだから、と内心で続け、苦笑を浮かべた。

「君が無事でよかったよ。でもなんで君はあんな場所にいたんだい？」

名月はかねてからの疑問を口にする。なぜ、山の中に住んでいる狐が、あのような場所で高校生に絡まれていたのか、それが謎だ。

「えぇ。そのですね。実は」篤胤は歯切れの悪い言葉を口にすると「やはり決闘に勝つには相手のことを知るのが必要だと思いまして、名月様のあとをつけていたのです」と続けた。

「ああ。なるほど」と名月は納得する。「だから、あんなところにいたわけか？」

「……怒らないのですか」篤胤がおずおずと切り出す。「兄弟子になるかもしれない方を尾行したのに？」

「怒る？　なんで？」名月はきょとんとした表情になる。「君は勝負に勝つために努力しただけじゃないか。世の中、もっと卑怯《ひきょう》なやつはごまんといるよ。例えば、君一人に対して、集団で暴力を振るおうとしたあの高校生たちみたいにね」

「名月様……」篤胤は大きな瞳《ひとみ》に涙をため、すぐに「本当にあの人間ども」と忌々しげに奥歯をかんだ。「僕にもっと力があれば、あんな奴ら一撃のもとに沈めてくれるのに」

「そんなに人間が嫌いかい？」

「……嫌いです。大嫌いです。憎んでいると表現しても過言ではありません」

名月は納得するように、顎《あご》を引いた。まあ、僕も幽霊や妖怪《ようかい》のことが苦手なんだから、人間のことが苦手な妖怪がいても不思議ではない。

「師匠の弟子になりたいっていうのは、人間嫌いが原因かい」

「はい」篤胤の台詞《せりふ》に、

「あらあらまあまあ。その話は長くなると思うわよ」

という女性の声が被《かぶ》った。

予期せぬ女性の声に、名月は反射的に声が発せられた場所を見る。

そこには妙齢の女性がいた。

巫女《みこ》装束姿の女性だ。雰囲気はおっとりしているが、容姿は篤胤を大人にして、女性らしさを際立たせた感じだった。

はっきりいって美人だ。美人だが、名月は警戒をとかない。なぜなら、目の前の女性の頭には、篤胤と同じ、獣の耳がついていたからだ。

「母様っ！」

篤胤は明るい声をあげ、女性のもとへと小走りで近づき、抱きついた。あの女性が、篤胤の母なのか、と妙に納得すると同時に、この街はどうなっているのだ、と憤懣《ふんまん》を覚える。

いったいこの街には何人の狐の妖怪がいるのだ。密度があまりにも高すぎる。

「あらあら、まあまあ。どうしたの？　その体のぬめぬめは」

「男の勲章です。母様」

「あらあら。そんな粘度の高い男の勲章はいらないわよ。近くの川で洗い流してらっしゃ

篤胤の母が促すと、篤胤は子供らしいあどけない声で「はい。母様」と言い、祠の外へ出て行った。篤胤の母は出て行く篤胤に手を振り、見送る。そのあと、悠然とした所作で、こちらに向き直った。

「初めまして。私の息子のお友達」

「あ、はい。初めまして。ご自宅にお邪魔してます」

名月は、なんとなく頭を下げ、挨拶《あいさつ》をした。

「あらあらまあ。ご丁寧にどうも。息子がお世話になっているようで。玉藻様はお元気ですか？」

「師匠のことをご存じなんですか？」

「ご存じも何も」篤胤の母はからからと笑った。「妖怪たちの中で、辰狐王の玉藻様を知らない人はいないわ」

名月は疲れたように額に手をやった。「本当にあの人は有名なのか」

これは今後、玉藻との付き合い方について考えを改める必要があるぞ、と名月は気を引

き締める。玉藻がこれほど妖怪たちの巷間《こうかん》を賑《にぎ》わす存在ということは、今後も危険極まる妖怪たちが、あの春寿堂という店に、ブラックホールよろしく吸い寄せられる可能性がある。

　僕の厄介な縁の数々は、玉藻のせいなのではないか、とすら思う。

「あらあらまあまあ。そんなことないわよ」

「人の心を読まないでください。師匠といい、どうして妖狐《ようこ》っていうのは人の心を読みたがるんです？」

「嫌ね。想像しただけよ。それに私と玉藻様では、同じ妖狐でも、まったくの別ものよ」

「別もの？」

「ええ」篤胤の母は鈴を転がすような声で笑った。「妖怪としての位が違うっていうのが一番だけど、もっと分かりやすい例えを使うなら、私たち普通の妖狐は実体があるの」

　篤胤の母の言葉に、名月は「そういえば」と零《こぼ》していた。篤胤をいじめていた男子高校生たちは、篤胤のことを狐の妖怪ではなく、狐として認識していた。

「あらあら、まあまあ。わかってもらえたかしら？」

「こういうパターンは初めての経験です。梅の木の精とか、疫病神《やくびょうがみ》とか、あと夢の妖怪のバクとか、実体のない人たちには会ったことあるけど」

「名月くんはまだ若いからねえ。私たちみたいな動物の妖怪に出会ったことなかったんでしょ？」

「はい」

「動物の妖怪っていうのは、基本的に実体があるの。それこそ普通の人間でも私たちを狐と認識するだけの、ね。逆にいえば、私たちは、自分たちの意思に関《かか》わらず、人間に見えてしまう」

「うちの師匠は違うんですか？」

「ええ。玉藻様ぐらい強力だと、やりたい放題よ」

「多種多様な意味でやりたい放題ですね。そしてその被害者が僕です」

「あらあらまあ。それは可哀想ね」とうてい可哀想とは思っていない声色でいい、「でもね」とこちらの訴えを華麗に流した。「玉藻様ぐらいになると、ほとんどっていうか完璧な神様なわけだから、私たちのように実体はないのよ。必要に応じて、実体をつくることができるってだけでね。というか実体があるないの次元の存在じゃないの」

「訊《き》けば訊くほど厄介だ。なんだってそういう存在に限ってああいう性格になる」

「うふふ。自分の師匠のことを悪く言っちゃ駄目よ。あと私たちのような実体のある妖怪と、名月君が今まで出会ってきた幽霊や妖怪との違いもあるのよ？」

「それって……」

なんですか？　と続けようとして口を開いたまま、名月は固まった。名月が言葉を続けようとした時、篤胤の母が小さく「こほっ」と上品に咳《せき》をした。すると、篤胤の母の小さな口の端から、赤い液体が、蜘蛛《くも》の糸が垂れるようにゆっくりとこぼれた。

最初こそ、その液体が何なのか理解できなかった。いや、正確には、その液体が何なのかはすぐに分かった。が、なぜその赤い液体が妖怪の口元を伝うのかが理解できなかった。

「えと、その」名月は虚を衝《つ》かれたように狼狽《うろた》えた。「その口元のものは」

「あらあらまあ。ごめんなさいね。見せるつもりはなかったのだけど。白状するとこれは血よ」

こちらの動揺はよそに、篤胤の母は鷹揚《おうよう》だ。

「なんで口から血なんか……」

「病気なのよ」

「……病気って」

なんで妖怪が病気に、と疑問が頭をもたげる。しかし、篤胤の母親はこちらの疑問の先回りをするように「だって私たちは名月君と同じで生きているんだもの。物理的な死を迎えることだってあるわ」と陽気な調子で語った。「やっぱり毒を盛られちゃうと、さすがに死んじゃうわね」

「毒を盛られるっ！」名月は大きな声を上げた。「毒ってどういうことですかっ。いったい誰に、というか、どういう目的でっ！」

矢継ぎ早に質問する名月に、篤胤の母親は自分の人差し指を優しく、名月の唇に当て「静かにしなきゃ駄目よ。あの子に聞こえるかもしれないし」という言葉を出だしにつかい、「そうね。名月くんには事情を説明しておかないと駄目かもね」と事の発端を語りはじめた。

篤胤の母親はもともと妖狐としての力は強いが、体は弱かったらしい。篤胤はよく山や街に出ては、母親の体に効きそうな薬草や食材を探して来ては、母親に食べさせ、そのたびにニコニコと幸せそうな笑顔をつくっていた。

しかし、先日、いつものように母親の健康に役立ちそうなものを探しに行った篤胤が、持って帰ってきた物の中に、明らかに異常な物が含まれていた。

万病に効くという薬だ。明らかに人為的な加工が施されており、篤胤はともかく、篤胤の母親にはそれが毒物であることは分かっていた。

そして、その毒物を摂取した。

それが、名月の前で展開されている状況の原因、だ。

「……なんで」名月は喉《のど》の奥から無理矢理に言葉を引っ張り出した。「……なんで、彼が持ってきた中に毒が混じっていることを知って、わざわざ」

頭の中で様々な感情が入り乱れ、言葉が上手く出てこない。篤胤の母親の行動は、名月の理解の範囲を遥《はる》かに超えていた。

「あの子がね」篤胤の母親は、毒を食べたことに対する後悔や悔恨をまったく感じさせない声色で言葉をつなぐ。「あの子が持って帰ってきたものを全部食べてあげると、あの、すごく笑顔になってくれるの。常に私の体を気遣って、泣き出しそうな顔をしてるのに、その時ばかりは、本当に心の底から笑ってくれる」

「たった……」訳が分からない、と内心でつぶやき「たったそれだけのことのために、自分の命を……」と言った。

「私の命は元々、長続きするものじゃないわ。それに名月くんの言うことも分かる。でもね、親心って言えば聞こえはいいかもしれないけど、親の愛情ってね、意外と勝手なのよ。あの子が笑顔になるたびに、私は、本当に幸せな気持ちになるの。ああ、この子の母親になれてよかったって。だから、あの子の気持ちは全部受け取ってあげたいの」

名月は、母親の身勝手さに混乱する。そのせいで、本来であれば怒りを覚えねばならない状況なのに、

「ご病気の方は重いんですか？」

という言葉がついて出た。

「重いっていうか……近々死んじゃう感じかしらねえ」

あくまでも陽気な態度に、名月は戸惑いを通り越し、怒りを覚え始める始末だ。この母親はいったい、どういうつもりなのだ。

「篤胤くんは、お母さんのことを知ってるんですか。その……」名月は慎重に言葉を選んだ。「あなたがもうすぐ、彼の前からいなくなることを」

篤胤の母親は小さく首を振った。横に、だ。

「それはまずいでしょ」

「そうね。まずかったわ」

「まずかった？　なんですその過去形は。あなたの病気は現在進行形でしょう」

「私ね。実はあまり死んだり生きたりすることに執着はないの。だから別にいつ死んでもいいのだけど……」ここでわずかに篤胤の母親の顔に陰りができた。「自分で招いた結果とはいえ、あの子のことだけは心配だった。私がいなくなったら、あの子の居場所がなくなるから。ほらあの子、ああいう性格だから。けど、あの子の口から玉藻様の話をきいた時、安心しちゃったの『玉藻様の弟子になるんだ』って。あの子もきっと、私のことを察してるんじゃないかしら」

「安心って……理解に苦しむ。あんた。まさか師匠を自分の後釜《あとがま》に抜擢《ばってき》する気か」

「あらあらまあ」篤胤の母親は相好を崩す。「ようやく砕けた口調になってくれたわね。嬉《うれ》しいわ。白状するとね。その通り。でも本音はね。少しだけ違う」

「違う？」

「私が私の後釜にしようとしているのは、名月君よ」

「馬鹿な」

「本気よ。玉藻様の弟子になってくれるのも嬉しいんだけど、個人的希望としては、名月君のような人間と接して欲しいのよ。名月君みたいに、妖怪と人間、両方と意思疎通のできる人とね。そっちの方があの子の為になると思うし。あの子、人間に虐げられ続けてきたから、人間のことが憎くてしょうがないのね。もし、今後、玉藻様の弟子として成長したとして」と篤胤の母親は、天文学的な確率を口にする。「そうなっちゃったら、気に入らない人間をことごとく殺しちゃうような悪い子になってしまうかもしれないわ。でも名月君みたいな人間がいると知ったら、そういうこともしなくなると思うの。あの子、あなたになついているようだし」

「あのですね。篤胤くんが僕になついているのは、僕のことを人間だと思っていないからですよ」

「そういう些細《ささい》な問題は時間が解決してくれるわ」

「というか。あなたはなんで……いや……本来では当たり前のことなんだけど、なんであなたは僕が人間だと分かったんです」

「そういう些細な問題も時間が解決してくれるわ」篤胤の母親はそこまでいうと黙り込んだ。しばらくの間をあけ「そういう諸々《もろもろ》の事情を知って貰《もら》った上で、お願いがあるの」と来る。「親って本当に身勝手ね」

「お願いって。僕が、こういう体質の人間と知っているなら。僕が妖怪《ようかい》や幽霊のお願いをきくと思います?」

「どうでしょうね。これぱっかりは、名月君の性格の問題だと思うから。名月君が、正義感のあふれる、平等主義者だったら、無理かもね」

なんとも迂遠《うえん》かつ婉曲《えんきょく》なものいいだ、と身を固くする。警戒する名月に、篤胤の母親は一言、

「あの子との決闘、負けてくれないかしら?」と言った。

6

決闘当日。

今日は春寿堂が休業なため、少しだけ寝坊気味に目を覚ました。いつもの起床時間であれば、まだ太陽は顔すら出していない。しかし今日、目覚めた時には窓からさわやかな陽光が差し込んでいた。時間を確認すると、朝の七時半だ。

心が洗われるような太陽の光に、名月は生まれ変わったような気分になった。

などということはなく、太陽の光と対照的に、名月の心の中は薄暗く淀《よど》んでいた。当たり前である。ただでさえ厄介な決闘に、諸々の事情が入り乱れてきたのだ。

「まったく。僕はどうすればいいんだ」

先日の、篤胤の母親の言葉を思い出した。「あの子との決闘、負けてくれないかしら？」というものだ。

篤胤の母親の気持ちは、まあ、察することはできる。もうすぐ自分は死ぬ。そうなれば子供の篤胤の居場所がなくなる。だから、篤胤が玉藻の弟子になれるか否かが決定する今日の決闘で、僕が負ければ、篤胤の新しい居場所ができる。そういうことだ。

「けど。僕も負けるわけにはいかないんだよなあ」

玉藻が僕に提示した、決闘勝利時における報酬は『どんな願いでもきいてやる』だ。自分の願いごとならば『玉藻との契約の即時履行』に決まっている。あと二年以上かかる玉藻との契約が、今日の決闘で勝てば、『幽霊や妖怪の見えない体質』がすぐさま手に入るのだ。

「だっていうのに……」

名月は、自分の心が千々と乱れていることに、イラだった。もし、僕が勝ち、篤胤の弟子入り計画が頓挫《とんざ》したと篤胤の母が知れば、どう思うのだろうか。落胆し絶望し、悲嘆に暮れ、失意のうちに毒で死ぬのだろうか。

これほど後味の悪い勝利はそうはあるまい。

どうするよ、と名月は重い息をついた。そもそも、自分のことすらままならないのに、なぜ他人、しかも妖怪の心配で心をすり減らさねばならぬのか。

悶々《もんもん》としていると、突然、部屋の扉が開いた。

「あずきか？」

名月は扉に向かって、声を投げる。春寿堂において、ノックもせずに扉を開けるのは、玉藻とあずきぐらいだ。入居者の三人中二人がノックという文化を知らないというのは、あらゆる意味で末期的な気もするが、基本的に玉藻は名月の部屋に扉から入ってくることはない。降ってわいたかのように現れる。つまり、消去法的に今、扉を開いたのはあずきということになる。

名月の問いかけにこたえるように、開いた扉の隙間から、ひょい、とあずきが顔を出した。相変わらず温度のない表情をたもっている。その表情をたもったまま、「時間だよ」と言った。

名月は慌てて時計を確認した。もう八時半だ。起きてから一時間以上経過していることになる。そして決闘の時間は九時のはずだ。

「やばっ。思考の迷路に迷い込んでる間に、ずいぶん時間が経ってた」

名月は慌てて、洗面台へいき顔を洗い、朝の身支度をする。

幸いにして、篤胤との決闘の場所は春寿堂の工場だったので、決闘に遅刻することはなかった。

名月が工場に入った時には、すでに玉藻も篤胤も、そして、名月の中にある迷いの権化たる篤胤の母の姿もあった。

「おそいではないか。名月よ。せっかくの決闘日和に」

「すいません。師匠」名月は素直に謝った。「なんですか決闘日和って」と苦言も付け加えた。

「いや。さすがは名月様です」なぜが篤胤が賞賛してきた。「わざと遅れて来て、僕を苛《いら》立《だ》たせ、冷静な判断をできなくする作戦だったのでしょう？　武蔵《むさし》と小次郎《こじろう》の決闘のように」

「あらあらまあまあ。名月君は意外と策士なのねえ」

工場は普段からは考えられないような、弛緩《しかん》した空気が流れている。

その空気を受け、なぜ僕だけが、こんな複雑な思いを抱えながら勝負をせねばならぬのか、と名月は憤る。

「それでは、双方、決闘の準備はよいか」

玉藻が改まった物言いで、名月と篤胤を見た。

「ああ。準備はいいよ」ほとんど自暴自棄になりながら言う。

「ぼ、僕も整っています」

「ふむ」玉藻は深々と頷《うなず》いて見せた。「しからば早速、決闘に移ろうか。まあ、決闘と言ってもまあ、危険はないから安心しろ」

「僕と名月様はいったい、何を競えばいいのですか？」

「やはり私の弟子たり得る資質があるか否か、だな。心技体、仁智勇がいい感じにねじれていて、かつ、時と場合に応じて、まっすぐに変化するような。そういう……」

「ふざけるな。そんな、形状記憶合金みたいな心技体仁智勇があってたまるか」

「むう。さすがは玉藻様の弟子となるにはそれほどまでの人格が求められるわけですね」

「というわけで？　まずは、なぜこの決闘に勝ちたいのか各々の理由を聞かせてみせろ」

「というわけで？　なんだよその脈絡もない、というわけで、というのは」

この質問も決闘の一環なのだろうか、名月は考え込む。名月が考え込んでいると、篤胤が先制を奪うように口を開く。

「僕は、決闘に勝ち、玉藻様の弟子になって立派な妖怪になるためです。そして、目に入った人間をことごとく血祭りに上げます」

「なっ」子供の純粋さで邪悪極まる目的を口にする篤胤に、名月は愕然《がくぜん》とする。

篤胤が人間嫌いなのは知っていたが、まさか、人類抹殺を切望していたとは。

「ふむ。妖怪らしい願いだな。では名月がこの決闘に勝ちたい理由はなんだ？」

問いかける玉藻の目の色が愉快気に爛々《らんらん》と光っていることを名月は見逃さない。

こいつ、と名月は奥歯をかむ。この状況で「僕は、『妖怪や幽霊と縁のない人生を手に入れる』ために、この決闘で勝ちたいです」などと言えるわけもない。

それを言ったが最後、篤胤に自分が人間であると表明することになる。そうなれば、僕に対する篤胤の友好的な態度は、綺麗《きれい》な弧を描くように、下方修正されるだろう。そして、仮に篤胤が玉藻の弟子になり、立派な妖怪になったあかつきには、一番初めに目に入る人間、すなわち、僕が栄えある第一被害者になるだろう。

子供の夢が叶《かな》う瞬間に立ち会えるのは、非常に喜ばしいことだが。篤胤の夢の成就を目の当たりにした瞬間、自分の魂の成仏まで目の当たりにしなければならぬ、というのはあまりにも笑えない。

名月が言葉に窮していると、玉藻が「どうした。勝ちたい理由がないのか」とニタリと笑った。

「こんのっ。ああ。くそ。もう。僕が勝ちたい理由は、僕の目的を達成するためだよ。僕の目的の内容は、諸事情により黙秘権を行使させてもらう」

名月はおざなりに答える。そして、状況を冷静に分析した。篤胤が勝てば、僕は死ぬ。僕が勝てば、僕は自分の願いを叶えて、篤胤の母親は、僕のことを恨みながら死にかねない。恨みを残した妖怪ほど厄介な存在はないことは、今までの経験上、嫌というほどしっている。

どうする、どうする、と名月は焦りを覚えた。

玉藻が提示したのは勝ちも負けもない勝負などではなかった。

勝っても負けても、僕が困ることが前提となっている勝負だ。

ぽん、と手を叩《たた》く音が聞こえ、我に返る。玉藻が手を鳴らし、工場にいる面々の注目を集めた。

「では。決闘の内容を説明するぞ。決闘の内容は至極簡単、体力もいらなければ、知力もいらん。いるのは勝ちたいという気持ちと、私の考えがどれだけ探れるか、だけだ」

そんなことを言って、玉藻は一つの生菓子を取り出した。取り出された生菓子を見て、名月は息をのむ。

玉藻が取り出したのは、黄身餡《きみあん》を、短冊状にした白と青の外郎《ういろう》で結んだものだった。アクセントとして、細く黄色い外郎の線が引かれている。

「これはなんですか？　玉藻様」篤胤が訊《たず》ねる。

「これは、今月、私の店で出す生菓子だ。しかし、この生菓子にはまだ菓銘がついていなくてな。名月と子狐には、この生菓子の菓銘を考えてもらう。より相応《ふさわ》しい菓銘をつけた方が決闘の勝者とする」

「なるほど。たしかに体力も知力もいらないようですね。ですが、やはり和菓子のことになると、名月様の方が有利なのでは？」

「大丈夫だ。この菓子の菓銘を考えるにあたって、特別な知識は必要ないようにしてある。つまり、私をどれだけ楽しませることができるか、というのが肝心なのだ。よって、勝敗は私の感情論ということになる」

「元も子もない台詞《せりふ》を、まあ、堂々と」

名月は呆《あき》れながらも、案の定、厄介な状況になった、と身構えた。

正直、この勝負は勝てる自信があった。というかすでに勝利が確定しているといってもいい。当然だ。篤胤の言うとおり、名月の方が一日の長がある。菓子製造やその他業務の経験ではない。

玉藻という厄介な神の思考回路とつきあってきた経験だ。

玉藻を楽しませるという勝利条件に至っては、すでに名月が篤胤の追随を許さない状況だ。

だからこそ、名月には勝つ自信があった。

なにせ篤胤は自分の勝利のことしか考えておらず、その時点で玉藻を楽しませることができるとは、言いがたい。

だが、僕はどうだ、と名月は自身に問いかける。

僕は、勝つことも負けることも、不本意ながら自由自在だ。

が、だからこそ、勝つことも負けることも許されず、世界の平和と篤胤の将来をおもんぱかり、あげくに、自分の夢と篤胤の母の命も考慮に入れた上で、この絶望に彩られた事態を打破せねばならない。

これほど玉藻好みの条件など他にあるまい。

玉藻を見る。玉藻はこちらの心中を察しているのか、不敵な笑みを浮かべており、その笑みに名月は殺意すら覚えた。

何が最善手なんだ、と自問した。このままでは、篤胤との決闘に、無条件で勝利してしまう。それは非常にまずい。かといって、敗北するのも非常にまずい。

「さて先攻はどっちだ？」

玉藻が、地獄への自動ドアが勝手に開いちゃったよ、とでも解釈したくなる台詞を口にする。

「では僕からいかせてもらいます」

篤胤が自信ありげに一歩前に出た。

「あらあらまあああ。自信満々ねえ」

「あずき的には負けて欲しい」

「貴様は黙っていろ！」篤胤はあずきを一喝した。「それで玉藻様、質問があります」と玉藻に向き直る。

「なんぞ？」

「さきほど仰《おつしや》った菓銘をつけるにあたっての条件ですが、特別な知識が必要ないのは本当ですか？」

「むろん。和菓子に関する知識は必要ない。お主の思った通りの菓銘と結果を残せばいい」

え？　と名月は玉藻を見やった。この狐の神は今、なんて言った。さきほど言っていなかった台詞をさりげなく付けくわえなかったか？

結果を残せばいい？

「……どういうことだ？」

名月は誰にも聞こえないような掠《かす》れ声で、独りごちる。

「分かりました。では、そのお菓子の菓銘をつけさせていただきます」篤胤は深呼吸を一つし、菓銘を口にした。「僕の考えた菓銘は『縁結び』です」

「ほう？」と玉藻が感心した。

「え？」と名月は戸惑う。

「あらあらまあ」篤胤の母はのんびりとした牛のような声を出す。

「菓銘の意味を聞かせてもらおうか？」

玉藻の問いに篤胤は「はい」と背筋を伸ばして、説明しはじめた。「見たところ、そのお菓子は、一本の生地を結んでつくっているようですな」

「いかにも」

「着目すべきは、生地に黄色の細い曲線が描かれているところです。おそらく、生地をほどきもとの長方形に戻せば、その黄色の模様は綺麗な円を描くのではないのですか」

「まさしくっ」玉藻は声を弾ませる。「どうしてなかなか」と喜びすらした。

「そして、円を描いた生地を結んでつくったお菓子。すなわち『縁結び』。それが、僕の考えた菓銘です。そして、この縁を結んで、立派な妖怪《ようかい》になり、僕は僕の目的を果たします」

「それがお主の出した答えだな。子狐よ」

「はい」

篤胤は強く頷いた。自信と決意の表れなのか、さきほどよりも精悍《せいかん》な顔つきに見える。

「悪くない答えだな。して名月よ」

玉藻の絶妙なタイミングで回された鉢に、名月は我に返った。

「なんです。師匠」

「お主は、この菓子にどのような菓銘をつける？」

その質問に名月は焦燥を露《あら》わにする。篤胤の考えた菓銘は、名月が最初に考えていたものだった。玉藻はいつも、何気ないものに無意味ながら意義は多少なり与えることを好む。だから、円を結んで『縁結び』なる駄洒落《だじゃれ》にしか思えない菓銘は一見すると玉藻を楽しませるには十分な解答な気もするが。

足りないのだ。

篤胤の考えた、いや、正確には名月も考えていた『縁結び』という菓銘では、玉藻の言った「結果を残せばいい」という条件に合わない。少なくとも、篤胤の答えでは条件不十分だ。なぜなら、この菓銘を答えたあと、篤胤の『人類を血祭りに上げる』という結果は残されない。仮に、玉藻の弟子になり、目的を果たせたとしても、それには、それなりの年月が必要なはずだ。さらに篤胤は母親と死別することになる。到底、『縁結び』という菓銘がふさわしい結末は用意されまい。

それでは、この場で勝敗を判断することはできない。

つまり、菓銘と結果が=《イコール》で結ばれなければいけない。これが、名月を悩ませている違和感だ。名月自身も同様に、『縁結び』なる菓銘を考えて、この決闘に勝利したとしても、菓銘と結果が繫《つな》がらない。名月の願いは妖怪や幽霊が見えなくなること、だ。これでは縁結びではなく縁切りになる。

では、何が正解なのだ。負けるという選択肢は愚かだ。が、正解も分からぬまま勝利するのもまた愚か。まるで光の差さない袋小路に迷い込んだ気分だ。

そもそも、僕が勝利しても、僕の願いはまず叶《かな》わない。願いそのものが矛盾しているからだ。

「……矛盾」

そこまで考え、名月の体に雷が落ちたような衝撃が走り、泥沼に落ち込んだような落胆を覚え、つまりこれはこういうことなのか、と達観した気分になる。

「師匠」と名月は苦笑しながら玉藻を見る。「あんた初めからこれが狙いだったのか」

「なんのことだ？」玉藻は空とぼけた。

「好きなだけしらばっくれればいい」名月は半ば自棄《やけ》になったように答える。「師匠には僕の願いを叶えてもらう」

「ほほおう。えらく豪胆ではないか。名月よ」

「無駄です名月様。僕以上の解答はありませんよ」

「どうだろうね」

名月は肩をすくめ、篤胤の母を見た。名月と目を合わせた篤胤の母は、相変わらず笑みを浮かべている。

「申し訳ない」名月は礼儀正しく、篤胤の母に謝罪する。

「あらあらまあまあ。それはどういうことかしら」

「僕は、篤胤くんに勝たせてもらう。そして僕の願いを師匠に叶えてもらう」

「あらあら」篤胤の母は低く、こちらを威圧するような声を出した。瞬間、名月の周りの空気が鉛のように重くなった。「それはどういうことかしら」

ありえないほどのプレッシャーに、やはりこの人も妖怪なのだ、と再認識させられる。この圧力も妖術《ようじゅつ》の類《たぐ》いなのか。どこが狐なのだ、ライオンか何かの間違いだろう。

「言葉通りの意味です。初めからあなたの願いなど聞く必要などなかった。そもそも、僕が妖怪のお願いを聞く道理もない」

「それでいいのかしら。お母さん、怒ると怖いわよ。このままだと名月くんを殺しちゃうかも」

「あの、母上どうしたのですか」篤胤が戸惑いを隠せない様子でおろおろした。

「そこまでだ」

玉藻が平坦《へいたん》な口調で言い、指をならした瞬間、名月の周りを覆っていた圧力が消えた。どうやら玉藻が何かしたようだ。腐っても神ということか。

「これは名月と子狐の決闘だぞ。母親が出る幕はない。それに私の店で私の弟子に手をあげることは許さん」

「では、玉藻様の弟子でなくなればいいのですね。おそらく、この勝負、名月くんが勝てば、玉藻様の弟子ではなくなるはずです」

　こちらを見透かしたような発言に名月は息を呑《の》み、覚悟を決める。今更、後戻りはできない。僕は僕の思った通りの最善手を打つのみだ。

「ふむ。それならいいだろう」

「いいのかよ」名月は思わずつっこんだ。

「ではそろそろ幕引きとしよう。名月、お主の考えた菓銘を聞かせてもらおう」

　名月は、玉藻をまっすぐに見て、しばらくだまり込んだ。本当にこれでいいんだな、と自分に確認し、菓銘を口にする。

「僕の考えた菓銘と、勝利したあとに叶えて貰う願いは……」

7

　決闘から一週間が経った。名月は相変わらず、毎日、菓子の製造に追われ、店番にも追われ、忙しい日々を送っている。

　十二月の弱々しい陽光が名月の肌を、穏やかに温めてくれていた。

「あれから一週間か。未《いま》だに何事もないところを見ると、今回も、なんとかなったみたいだな」

名月は詠嘆口調で言った。店には客はおらず、ゆっくりとした時間が流れている。

「今回もなんとなかるし、次回もなんとかなるさ」

工場から玉藻が現れ、不吉な言葉を発した。銀髪が日の光を反射させ、きらきらと輝いている。

「師匠……」名月はジト目を玉藻に向けた。「不吉なことを言わないでください。次回があるなんて僕はごめんです」

「それがお主の運命だよ。名月よ」

「だいたいですね。今回の件はいったいどこまで把握していたんですか。篤胤が弟子入りの志願に来て、あずきと喧嘩《けんか》して、僕と決闘することになって、そして僕が決闘に勝って、あの願いを口にするまでのどこまでを」

「むろん、一から十までだよ」

「まったく……」名月は額に手をやった。「いいか……いいですか。何か一つでも判断がずれれば、大惨事になっていたんですよ」

「でもならなかった。それが縁というやつだよ。お主は縁を紡ぐ才能がある」

「そんな才能必要ないんだ。ああ、せっかくのチャンスを。お手軽に夢を叶えるチャンスがあったのに……」

「後悔先に立たずだよ名月。みんな満足してるしね。あずき知らないけど」

玉藻の背後にいたあずきが、名月に声を飛ばした。その声を受け止め、「そりゃあ、僕以外はみんな満足してるだろうね」と苦い物でも食べた表情をつくった。

「おっ。もうすぐ。奴らがくるな」

「ええ。今日も来るの？　あずきあいつのこと嫌いなんだけど。知らないけど」

「もうそんな時間ですか。ああ、六時半ですね。たしかにそろそろですね」名月は時計を確認した。夜の六時半だ。「また篤胤くんがくるころだ。この一週間で常連になりましたね」

「いや常連になったのは、子狐ではなく、あの母親だな」

玉藻が不明瞭《めいりょう》なことを言う。名月が首をひねると、それに呼応するように、店の扉が開いた。十二月の身を切るような空気が店に流れ込む。名月がそちらを見やると、篤胤と、篤胤の母親の姿があった。

「名月様！」

篤胤が名月のもとに走り寄ってくる。勢いよくカウンターを乗り越えると、名月の胸に抱きついてきた。

名月は勢いのあるその衝撃に耐えつつも、笑顔を保ち、「やあ。いらっしゃい」と店員の義務を果たす。

「あらあら、まあまあ。本当にあなたは甘えん坊ね」

篤胤の母が悠然とした足取りで、こちらに近づいてきた。その笑顔には先日の敵意はない。

「体調はどうですか？」

名月はこの一週間、途切れることなく続けた質問をした。篤胤の母は、柔和な表情を浮かべ、「名月くんのおかげで、まったく問題ないわ」と来る。

「それはよかったです。師匠はあまり信用できませんから」

「失礼なことを抜かすな」玉藻は不平を漏らしながら笑みを浮かべる。「私との契約は絶対だ。契約を守った者に背くことなどない」

「どうだろうね」

「大丈夫ですよ名月様」篤胤が花が咲くような表情を浮かべる。「玉藻様の力は本物です。それに、名月様の慧眼《けいがん》もすばらしいです」

「僕の慧眼？」

「ええ。あの時の決闘においての菓銘のつけかたおよび、その勝利の報酬の内容」篤胤は恍惚《こうこつ》とした表情で「やはり僕の兄弟子は、僕よりもはるか高みにあります。完敗です」とまで言ってきた。

「僕はその時の最善手、というか、自分の身を守る行為をしただけだよ」

「そこが名月様のすごいところです。あのような菓銘をつけた上で、あの場にいた全員を納得させる願いを叶えたのですから。あの時、僕が名月様に勝っていたら……」

篤胤はそこで押し黙った。名月の胸元をぎゅっと握る。名月は嘆息し、篤胤の頭をそっとなでる。

「君は何も悪くないよ。君はお母さんを安心させようとしただけだろ。その心には嘘はない。だから僕は、あの答えに行き着いたんだから」

その言葉に嘘はなかった。もし、篤胤が母親の期待に添おうとしなければ、玉藻の弟子入り志願をすることはなかったろう。そうなれば、名月が篤胤の母親の余命が短いことを知ることもなかった。今この場にある光景は小さな歯車が上手くかみ合った結果なのだ。

玉藻の好きな、縁が結ばれ行き着く先、というやつだ。

あの時、篤胤との勝敗が決した時に玉藻に願った希望は『篤胤の母親の体を治す』というものだった。僕が勝利し願いを叶え、篤胤が人を殺すことなく、さらに篤胤の母親が満足する選択肢はそれぐらいしか思い付かなかった。

そして、そのために必要な菓銘は……

「あらあらまあ。名月君にそんなに抱きついて。この子は本当に名月君が好きなのねえ」

篤胤の母親が、意地の悪い発言をする。が、なぜかその表情ははにかんでいるようにも見えた。

「むろんです。名月様は僕の兄弟子で、しかも母上の恩人なのですよ。母上の異変に気づけないなんて、僕の不徳の致すところです。なさけない。僕はしばらく師匠の弟子になる資格はありません。僕も名月様のような立派な妖怪《ようかい》になりたいものです」

「あれ。この子、まだ僕のことを……」

「あらあら」篤胤の母親は妖艶《ようえん》な顔を名月に向ける。「だったらなんで毎日、このお店に来ようとするのかしら」とはぐらかすように言った。

「それは母上が毎日僕にこの店に来ようって…むぐ……」

篤胤の口は母親の手によってふさがれた。篤胤はもごもごと何かに抗議するように唸《うな》っている。

「あらあら、この子ったら、それ以上言ったらお母さん怒っちゃうかも。別に、このお菓子の味に惚《ほ》れたから、通っているわけじゃないわよお。このしっとりとした黄身餡《きみあん》にふっくらとした口溶けのういろう生地のお菓子が絶品で、それに、このお菓子の菓銘が大好きだからって通っているわけではないわ」

「それは全部母上の……主張……なのでは」

苦悶《くもん》の表情をつくりながら言う篤胤の口を強くふさぎ、篤胤の母親は、「このお菓子をもらっていいかしら」とここ一週間買い続けている生菓子を指さした。

名月と篤胤が菓銘の命名対決で使ったお菓子だ。

「はい」

名月は手際よく、注文されたお菓子を厚紙の箱の中に入れ、包装し、篤胤の母親に手渡した。代金を貰《もら》い、「ありがとうございました」とお礼を言う。

その直後だった。何か柔らかいものが名月の頬に当たった。なにがあった、と身構え、すぐに赤面する。

篤胤の母親が、名月の頬にキスをしたのだ。名月は反射的にのけぞり、肩を震わせた。

篤胤の母親は、容姿だけを見れば、二十代半ばの超絶な美人だ。そんな人に突然キスされて心を乱さない人間はいない。

「なななな、何をするんですか？」

「色々な意味でのお礼よ。名月くんには本当に感謝してるの。私がもっと若かったら、名月くんのことを妖術で洗脳して、自分のものにして、永遠に愛してあげようと思ってたところよ。でもそれは無理みたい。私にはこの子がいるし。それに……」

篤胤の母親は、ちらりと玉藻を見た。愉快気な顔で、篤胤の母親の言葉の続きを紡ぐ。

「名月には私がいるからな。前にも言ったが弟子に手を出すのは許さんぞ。もし名月がほしくば、それなりの条件を提示させてもらう」

「あらあらまあまあ。それはとても素敵な提案ですね。玉藻様」

砕けた口調はそれまでだった。篤胤の母親はゆっくりと膝《ひざ》をつくと、「この度は格別の計らいを頂き、誠にきょうえ……」とまで言葉を紡いだが、すぐに玉藻に「そういう格式張ったのは好かん」と制止される。

「お主を救ったのは、この名月だ。感謝するなら名月に感謝しろ。私は神として、契約を果たしたまでだ」

それではまた名月君をもらいにきます、と言って、篤胤と篤胤の母親は店をあとにする。

篤胤たちが退いたのを見届けたあと、名月は玉藻に問いかけた。

「意外と師匠はいい人ですね」

「人ではないがな。それに意外でもない。それにこれは名月が導いた結果だぞ」

「そのヒントすら、僕にくれていたくせに。なにが『菓銘とともに結果を出せ』ですか。まったくもって。常にあんたは雲の上から僕らを鳥瞰《ちょうかん》するんだ。今回も結局……」

「あの子狐は私の弟子になる夢を諦《あきら》めずに、さらに子狐の母親の病気は治り、あずきは子狐の弟子入りを阻止することに嬉々《きき》とし、私はそれなりに楽しめた」

玉藻はことの顚末《てんまつ》を説明した。

名月はこの事件でもっとも納得できていない事柄を口にする。

「唯一、納得できないのは、僕の処遇ですよ。なんでこれが、あの菓銘と適合するんです」

「それはお主が、望んだからではないのか。名月よ」

名月はため息を吐きながら、ディスプレイされた例の菓子を見た。

その脇の菓銘札にはこうある。

大団円。

大きな円が重なり合っていることから付けた菓銘だ。

大団円の意味は、全てが丸く収まること。

僕に関しては丸く収まっているのか？

二話　御赤飯と妖《あや》しの書

1

冷え切った高野山《こうやさん》の風が頬を切りつける。

「さぶいな」

秋夜名月《しゅうやなつき》は、自身が住み込みで働いている『春寿堂《しゅんじゅどう》』の扉を開き、呟《つぶや》いた。早朝の六時半だ。空を見上げると分厚い雲があり、大粒の雪を落としてきていた。

まるで、雲の上に何千もの鳥がいて、下界へいっせいに卵を産み落としているのではないのか、と下らない妄想をし、「まだ、寝ぼけてるな」と苦笑がちに独りごちる。

まだ太陽は昇っていない。もっとも昇っていたとしても、分厚い雲に十二月のか弱い陽光は遮られるのだが。あたりは幕をはったような暗さがあるが、それでも、一面が雪で覆われた銀世界であることは分かった。

高野山は、夏は涼しくていいのに、冬は身を切るような冷たさが街の人々を襲うのが玉に瑕《きず》だ。

名月は大きく深呼吸する。雪で冷やされた空気が肺に広がり、頭が冴《さ》えてくる。

「さて、仕事するか」

気合いを入れるつもりで、声を出した。店の扉を閉め、工場へ向かう。

工場には毎朝、名月が最初に入るので、人気はない。水を打ったような静けさと、闇を結晶させたような暗さがあった。

壁にある電気のスイッチを押すと、工場はぱっと明るくなった。作業台に冷蔵庫、オーブンなどの設置が目に入る。名月はまず、蒸し器の蒸気をあげるボイラーを制御する機械を起動させた。ボイラーに水を入れ、いつでも蒸せる状態になるまで待機する。

その待機時間の間に、名月は工場の壁にかけてあるホワイトボードを見た。そこには、今日、作る予定の菓子が記入されており、さらにその隣には、今日以降に入っている注文伝票がマグネットで留められている。

「うーん」名月は渋い顔つきになった。「雪の日はお客さんの足も店に向かないから、仕事がない」

本日、名月がつくる予定の菓子は、朝生菓子が少々と、赤飯ぐらいなものだった。頭のなかで、段取りをたて、何時頃に菓子製造の仕事が終わるのか計算した。

お客はあまり来ないはずなので、接客要員は必要ない。菓子製造だけに集中できるので、十時には、全ての仕事が片付くだろう。

「あまり、張り合いがないな」

名月が、残念そうに呟くと、背後から、「おお。頼もしいではないか」と男とも女ともつかない声が聞こえた。名月はそちらをみやり、「おはようございます。師匠」と挨拶《あいさつ》をした。

視線の先には、銀長髪の怪人が佇《たたず》んでいる。性別不明の容姿に、頭には獣の耳がついている。名月と同じ春寿堂の作務衣《さむえ》を着ているが、なまじ現実離れした風采《ふうさい》のせいで、その作務衣の不釣り合いぶりといえば比類がない。

この怪人こそ、名月が働く春寿堂の店主であり、名月の和菓子の師匠であり、そして、狐の妖怪《ようかい》かつ自称『神』の玉藻《たまも》だ。

玉藻は、愉快気に肩を波立たせると「名月も、随分と和菓子屋らしい面構えになってきたな」と来た。

玉藻の指摘に、名月は不服そうな顔をつくる。「僕が和菓子屋らしい面構え？　馬鹿な」

本心だった。名月がこの店で働いているのは玉藻との『この店で三年間働く代わりに、僕の妖怪や幽霊を見ることのできる体質をなかったことにする』という契約を果たすためだ。決して立派な和菓子職人になるためではない。

「そう、邪険にするな。名月よ」玉藻は軽い調子の声を出した。「お主は、今日の業務が暇そうで、残念だと思っただろう」

「だからなにさ？」

「つまり、忙しい方が嬉《うれ》しいということだ」

「で？」

「やはりお主は菓子屋に向いている」

「おい。ふざけるなよ」名月はおもわず抗弁した。「いったい、どういう論理の飛躍があって、忙しい方が嬉しいと、菓子屋に向いているが繋《つな》がるんだ。なぜ、これだけ傍若無人な三段論法ができあがる。いいか。知能が幼稚園児レベルの不良でも、もう少し理路整然とした論理を組み立てるぞ。師匠の理屈は理路騒然としている」

「うまいことというなあ」

「うまくない」

「そう熱くなるな名月よ」玉藻は平坦《へいたん》な口調で言った。「こういう仕事はな、すばやく、けれども、正確に。が基本なのだ。常に自分の出しうる力をすべて出して、仕事に向かう。そういうことができる奴でないと、務まらん。お主は今日の仕事に対して、『張り合いがない』と思った。つまり、普段から全力で仕事をしているということだ」

「そりゃあ、まあ。仕事だし」

「そうやって仕事ができる奴が少ないということだ。だからお主は和菓子屋に向いている」

玉藻が繊細な指をこちらに向けてくる。名月は毒気を抜かれたように玉藻を見て「ま、まあ」としどろもどろに応じる。「褒め言葉として受け取っておく」

「素直でよろし。では仕事をはじめるか。ボイラーも上がったようだしの」

「了解」

名月と玉藻はそれぞれの仕事に取りかかった。玉藻は生菓子をつくる準備をし、名月は注文されていた赤飯をつくる準備をする。

作業台の上に置いてあるボールを覗《のぞ》き込んだ。中には『渋』と呼ばれる小豆の煮汁に重曹を加え、酸化させた赤黒い液体でつけた餅米《もちごめ》が入っている。餅米は綺麗《きれい》に赤く染まっていた。それを流しで、網でこしたあとしばらく水をきり、先日、煮ておいた小豆と一緒に蒸籠《せいろ》に入れて蒸した。

蒸し上がる間に、別の朝生菓子の作業も並行的に行う。時計を確認しながら、作業を組み立て、仕事をこなす。

しばらくの間、作業をしていると、目の前に黒いおかっぱ頭の小柄な少女が現れ「おはよう。名月」と言ってきた。

あずきという名の、生気をどこかへ置いてきたような瞳《ひとみ》とへの字の口が特徴的な少女だ。人間ではなく玉藻の式神だ。玉藻の式神なのにも拘《かか》わらず、主人の命令をことごとく聞き流す強者《つわもの》で、確固たる自分をもっており、名月も一目置いている役立たずだ。

「やあ。おはよう」

「はやくはないな。なぜ主人である私より活動開始が遅いのだ？」

「それはそう」あずきは恬淡《てんたん》とした口調で質問に答えた。「あずきは、主様に創《つく》られたわけだから、主様より、弱い存在なわけだよね。弱いから、主様よりも活動時間が短くなるのは、まあ、当然だよね。あずき知らないけど」

「残念ながらそのような都合のよい設定などないぞ」

玉藻の指摘に、あずきは視線を泳がせた。思い出したことがあったのか「あっ」と声を出すと、「今日は、お赤飯をつくる日なんだね」と名月を見やる。

「まあね」

名月は蒸籠から番重《ばんじゅう》に赤飯を移すと、しゃもじで木の器に移し、秤《はかり》で重さを量った。普段から注文されたグラムよりも多めにつくっているので、お茶碗《ちゃわん》いっぱいほどのあまりが出た。

「ねえ。名月」とすかさずあずきが声をかけてくる。「そのお赤飯、もういらない？」

見上げてくるあずきを見て、名月は溜息《ためいき》まじりに「いらないよ」と返答する。

返答ついでに、余った赤飯をラップで包み、おにぎりにして、あずきに手渡してやった。

あずきは「ありがと。名月」とぺこりと小さな頭をさげ、「じゃあ。居間でテレビ見てくる」と宣言し、退いた。

「……随分と、役に立つ式神ですね。師匠。どこの誰の式神なんですか」

「どこの誰のだろうな」玉藻は開き直った顔つきで言った。

赤飯を計量していた秤を、布巾《ふきん》で丁寧に拭《ふ》いた。一応、汚れていない皿の内側もきっちりと拭いていく。

「お主は中々、几帳面《きちょうめん》だの。感心感心」

「別に、汚れてるのが嫌いなだけだし、大した手間じゃないよ」

「そういう細かい所にまで行き届く性格も、和菓子屋にむいとるよ」

「なんでもかんでも和菓子屋に結びつけないで下さい」

名月の抗弁に、玉藻はからからと笑った。「そういうな。きっとその秤も、お主に感謝しとるよ」と言う。

「道具が僕に？」名月は呆《あき》れた顔になる。「そんなわけがない。これは僕の自己満足だし、道具に心なんてないでしょう」

「いずれ分かるさ」

名月が、両手のひらを上に向け、「何がなんだか」と言った時だった。

突然、目の前に緑色の葉が出現し、名月は泡を食う。冷静に見てみると、いましがた居間へ旅立ったあずきが戻ってきて、名月に葉を差し出しているようだった。

あずきが持っていたのは、赤飯に飾りで添える、南天の葉だった。小さくつるつるとした葉が、いくつも連なっている。

「南天の葉がどうしたんだ」

「これはいらない。食べられないし。感謝の証《しるし》に名月にあげるよ。あずき知らないけど」

「これほど無意義な感謝の証も珍しいな」

名月の言葉を意に介さず、今度こそあずきは退いた。南天の葉を見ていると、少し思うところがあり、名月は玉藻に話しかける。

「そういえば師匠」

「なんだ？」

「なんで和菓子屋では、赤飯を扱ってるんです？　まあ、材料は和菓子屋で使うものだからなんとなく納得はできますけど」

「ふふん」と玉藻は得意気に鼻を膨らませた。「なるほど、そんなに知りたいか？」

「あ、いや」名月は手を前にやり、「長くなりそうだったらいいです」と繋げた。

名月の制止を半ば無視する形で、玉藻は嬉しそうに蕩々《とうとう》と語りはじめた。

「赤飯はもともと神への捧《ささ》げものだったのだ。神に捧げたあと、それをおろし、人間たちが食べる。そうすることで、御利益を授かろうという意図があったのだろうな。そういう意味で言えば、和菓子も同じだ。和菓子も、もともとは様々な儀式に供えるものとして使われていたのだから。ちなみに、赤飯に使われる小豆の赤紫色は邪気を払う効果がある。そして、ただ今、お主の持っておる南天の葉にも意味がある。南天は難転、つまり、難を吉に転ずる木と信じられている。なにより、南天の葉は、ご飯が傷んでいたり、毒が入っていたりすると変色する性質があるから、ひとつの安全の指標にもなるのだ。そう考えれば、すべてが繋がっているだろう？　なぜ和菓子には年がら年中、厄除《やくよ》けや祈願の菓子があるのか。それはつまり和菓子というものが、日本の歴史とともに運行………」

この話はいつまで続くのだろうか？　と名月はげんなりしながら、律儀に玉藻の話に耳を傾けた。

2

不必要に長い玉藻の蘊蓄《うんちく》から解放された名月は、逃げるように工場をあとにして、店番をしていた。カウンター越しに見える外の風景は、ほとんど白一色だ。今朝からしきりに降ってくる雪はまったく勢いを衰えさせる気配はない。

「やっぱり、お客さん来ないよなあ。僕だってこんな日には外に出ないし」

名月は南天の葉を見ながら、ぼんやりと呟《つぶや》く。南天の葉が、毒などに反応するというのは初めて聞いた。

「そういえば、昔のヨーロッパじゃあ、毒の有無を確かめるために、銀製の食器を使っていたって聞いたことがあるけどそれと同じだな。難を吉に転じるなら、僕のことを助けてくれてもよさそうだけど」

縁起物の類《たぐ》いはあまり信じない質《たち》だった。

こういった物が本当に効力があるのであれば、名月こそ率先して使用しているのだ。だが現実は非情なもので、お守りやお札の類いが幽霊やあやかしに通じることはない。こういった物に命を預けるのは、泥舟に全幅の信頼を寄せ、世界一周の航海に乗り出すに等しい愚行に思えた。

そもそも、『祭れば福へ導く神』たる玉藻自身が、名月自身を破滅へと導く縁を多方面かつ変幻自在に結びまくっているのだから、そういった惹句《じゃっく》がどこまでも信用できないことを証明している。

「師匠の言っている縁とやらは、本当にどういうつもりで僕のもとに舞い込むのか。師匠は無意味な縁はないっていうけど、無意義な縁はあるんじゃないのか」

なんとなく、そんなことを呟きながら、あずきから貰《もら》った南天の葉を見た。難を吉へ転ずる。眉唾《まゆつば》もいいところだ。

「なにをしとるかっ」

工場の方から、玉藻の鋭い声が響いてきた。今、玉藻は一人で仕事をしているので、声を出すとすれば独り言のはずだが、あのような大きな独り言は、もはや独り言とはいうまい。

気になり、工場を覗く。そこには怒れる玉藻と、怒られているはずなのに堂々と胸を張っているあずきの姿があった。

「どうしたんです？」名月は二人の間に割って入る。

「ん？　ああ、名月か。いやそれがな」そこまで言い、玉藻は疲れたように息をついた。

「あずきが、『赤飯のお礼に何か手伝うことある？』と珍しいことを言ってきたんだ」

「へえ。それはたしかに珍しい」

「名月、あずき偉い？」あずきが平坦な口調で言う。「褒める？」

「褒めてあげたいのは山々なんだけど、この状況を見るに、結果は出なかったみたいだね。で、師匠」名月はあずきから玉藻に視線を移した。「あずきは何をしでかしたんです？」

玉藻は頭痛を必死に堪《こら》えるように額に手をやり「名月よ。普通『コンロに湯をかけといてくれ』と頼めば、お主ならどうする？」と疑問を投げかけてきた。

「え？　そりゃあ。鍋《なべ》なりなんなりに水を張ってお湯を沸かしますよ」

「そうだよなあ」

項垂《うなだ》れる玉藻を尻目《しりめ》に、名月は状況を子細に観察した。あずきの手には、ぬるそうなお湯が入ったボールと計量カップがあった。コンロに目を移す。工場にある二台のうちの一つが、ぐっしょりと濡《ぬ》れていた。

その段になり、名月はすべてを了承したような表情で「ああ」と漏らす。「あずき、もしかして、本当に『コンロにお湯をかけた』の？」

「それはそう」あずきは大きく頷《うなず》いて見せた。「あずきは言われたことはきっちりこなす式神だからね。知らないけど」

「どこの世界に本当にコンロに湯をかけるだけの命令を出す馬鹿がいるのだっ」玉藻は珍しく感情を露《あら》わにした。「いったいその行為によって何が生まれる？」

「少なくとも、師匠のストレスは生み出されてますね」

「言葉のあやって怖いね。聞き間違い、理解の相違があるからね。言葉があるから誤解が生まれるんだね。文化や言語の違いは、いつでも争いをもたらすよね。悲しいことだね」

あずきは開き直りの第一人者とでも言うべき台詞《せりふ》を口にした。「あずき知らないけど」

「お主をつくってから、同じ文化圏、言語圏、というか春寿堂圏で過ごしてるはずだが？」

玉藻の指摘を無視して、あずきは工場の時計を見やった。そして「あ」と小さな声を出し「見たい映画の放送時間だ。主様、他に何か手伝ってほしいことある？」

「息でも吸ってろ！」玉藻は吐き捨てる。

「あい、分かった」

あずきは素直に頷くと、二階へと続く階段をのぼり姿を消した。それを見届けた玉藻は、疲れたような息を吐いた。

「はあ、あやつを信用した私が馬鹿だった」

「ドンマイとしか言いようがないですね」

「まったく、あのような無能な式神を使うなら、僕を使ってくれればよろしいのに」

小さな子どもの声が、工場に響いた。予期せぬ第三者の声に、名月と玉藻は素早く声の主を見た。

声の主は、着物を着た子どもだった。どこか玉藻と似た雰囲気がある。おそらく頭から生えている獣の耳のせいだろう。お尻《しり》からはやした尻尾《しっぽ》をふりながら、輝くような笑顔で名月を見上げている。

「やあ。篤胤《あつたね》」

名月は子どもの名前を口にする。篤胤は子狐の妖怪《ようかい》で、先日知り合ってから、毎日のように春寿堂に通っているので、最近では、春寿堂に篤胤がいるのが当たり前になっている。

「おはようございます名月さま。玉藻さまも」

「名前の順番が気にならないでもないが、まあ、よかろう。よく来たな子狐よ」

「今日はお母さんは一緒じゃないの？」

「はい。今日は一人で来ました。何度か店先でお呼びしたのですが、声が届かなかったようなので、失礼ながら勝手に入らせて頂きました」

「もうすっかり、春寿堂になじんできたね」

「そう言ってもらえると光栄です」

篤胤はくしゃくしゃと顔に皺《しわ》をつくって白い歯を見せた。人よりも発達した犬歯がはっきりと見え、ああ、この子はやっぱり狐の妖怪なんだな、と名月は苦笑する。

まさか、僕が妖怪と仲良くなる日がくるとは。

妙な視線に気づいたのは、その感想を抱いた時だった。妙に淡泊な視線が工場の中を縦横無尽に走り抜けている。

視線の主のある程度の予測はできているので、名月は階段のほうを見た。階段の陰から、視線の主、つまりはあずきがこちらをじっと見据えてきていた。

篤胤も気づいたのか、階段の方を見やり、あずきを視界に収めると「あっ、貴様は」と嫌悪感を孕《はら》んだ声をあげる。「まだいたのかこの役立たずの式神娘」

篤胤の悪態に動じることもなく、あずきはゆっくりと手を挙げ、しっし、と野良犬を払うように手を振った。

「負け狐はお呼びじゃないよ。あずき知らないけど」

「なんだとっ」

「お前は決闘で負けたんだよね。だったらさっさと巣に帰ればいいよ。この店にマスコット的な存在はあずき一人で十分だし」あずきは辛辣《しんらつ》な台詞を口にする。「あずき、知らないけど」

「お主、自分のことをそんな立ち位置に置いておったのか」玉藻が呆《あき》れる。

「すっごいなあ。自分をどこまでも持ち上げる。というか、君たち二人、相変わらず仲が悪いな。もう少し仲良くしても」名月が感心する。

「誰がこんな奴とっ」と篤胤が憤る。

三者三様の反応を気にする素振りもなく、あずきは「あ、コマーシャルが終わるからもう行くね」と言い、階段をあとにした。

「ここ一年ほどで、随分と騒がしくなってきましたね」

「まあ、良い傾向ではないか。それだけ、お主が縁を結んできたということだ」

「はあ」と名月は嘆息した。「とりあえず僕はお店の方に戻ります」

「うむ」

「あ、僕もお供します。もともとお菓子を頂きにきたわけですし」

店に戻り、篤胤がいつも買う『大団円』を二つ紙箱に入れ、篤胤に手渡してやる。篤胤は嬉《うれ》しそうに、紙箱を受け取った。

「いつもありがとうございます。名月さま」

「こちらこそ、いつも贔屓《ひいき》にしてもらってありがとう」

「じゃあ、名残惜しいですが、母様も待っているので今日は失礼します」

篤胤は慇懃《いんぎん》に頭を下げると、店の扉をあけ外に出ようとする。扉を閉める前にこちらに振り向き、「では、また」と再度、頭を下げ姿を消した。

「僕には人の姿で見えてるけど、普通の人には狐の姿で見えてるんだよな」

雪が広がる高野山の街を子狐が紙箱を咥《くわ》えて走り抜ける姿を想像し、口元が緩む。が、その温かい笑みはすぐに生暖かい笑みにとってかわることになった。

篤胤が店を去ったわずか数分後、春寿堂の扉が勢いよく開け放たれた。全開に開け放たれた扉から、雪のまじった冷たい風が、切りつけるように名月を襲ってくる。

その風に隠れるように、篤胤が勢いよくカウンターまで走ってくると、大きく跳躍してカウンターの内側、名月のいる側に飛び込んできた。

「な、なんだ?」

「名月さま」篤胤は何かから隠れるように、小声で話した。

「いったいどうしたんだ? 何か買いそびれたのかい」

「違います。追われているんです。申し訳ありませんが匿《かくま》って下さい」

それはどういう意味? と質問する間もないまま篤胤は、ではよろしくお願い致します、と言って名月の足下にある、店で使う雑務品を収納しておくスペースに隠れてしまった。

「まったく。また高校生にいじめられたのかあ」

悪態をつきながら、開け放たれた扉を見た。外気との気圧が同じになったのか、もう冷気が入ってくることもなく、風は止んでいる。

扉の前には一人の女性が佇《たたず》んでいた。反射的に「いらっしゃいませ」と言ったあと、冷静に状況を分析した。

こんな日にお客？　まさか。

こんな雪の日に、若い女性が一人で和菓子を買いにくるのかが甚だ疑問だ。それに篤胤の前情報もある。

彼女こそ、篤胤を追っている人物なのかもしれない。

女性を見る。雪にとけこむような白いダウンジャケットを着た若い女性だ。髪はミディアムショートぐらいの長さだろうか。顔のパーツそのものは、はっきりとした、陰と陽でいうならば、後者に属するものばかりなのに、どこか陰りのようなものがあった。まるで首から悲愴《ひそう》や絶望をぶら下げているように見える。

女性は、ぼんやりとした顔つきでこちらに歩みよってきた。陳列された和菓子を見るわけでもなくただ呆然《ぼうぜん》と佇んでいる。それ以上に不可解なのが、女性の傍らにある存在だった。それを見た名月は、身を強《こわ》ばらせ、露骨に警戒した。

女性の傍らには、小さな少女の幽霊がいた。

「おいおいおいおい。マジかよ」掠《かす》れような小声で零《こぼ》す。

「あの幽霊です。僕を追ってきたのは」篤胤は名月だけに聞こえる小さな声で説明した。

「その幽霊が僕のことを見つけた途端に、そこにいる人間を操って追って来たんです」

「あはは……」名月は掠れた笑いを浮かべる。「これも縁なのか？」

「あ、あれ」と女性が言葉を発した。さきほどと違い、顔にある陰りが消え溌剌《はつらつ》とした表情をしている。「私、なんでこんなところに？」

これは色々と厄介そうだ。と名月はこれから先に起こる不可避な未来に対して、悲嘆にくれるつもりだ。

最初に声を出したのは名月だった。

「ここは、春寿堂っていう和菓子屋ですよ」

なだめるように、混乱する女性に語りかけた。その言葉に女性はようやく名月の存在に気づいたのか、「あ。あなたは」と来た。

「僕はこの店の従業員の……」

「狐の人じゃないですか」

「いや。狐は師匠であって……」そこまで話し「ん？」と間抜けな声を出した。

目の前の女性を子細に見る。僕の視力が劇的に落ちていなければ、この人に見覚えがある、という嫌な現実に気づいた。

「君はたしか……あつた……子狐を助けた時にいた。確か高野山大学の……」

「あ、はい」と女性はおずおずとささやくような声を出した。「そうです。私、高野山大学の学生でその図書館で司書のバイトをしています。栗原真理《くりはらまり》っていいます」

栗原真理と名乗る女性は、遠慮気味に会釈をした。そして店内を見渡し、「あの。なんで私はこの店に？」と訊《たず》ねてくる。

「それは僕が訊《き》きたいんだけど」

本当は、君の傍らにいる幽霊が、篤胤を追うために君を操ったのだ、と言いたいが言えるわけもない。

しかし、と名月は思う。しかし、この少女の幽霊からは、真理に対する悪意のようなものを感じなかった。普通、幽霊がある特定の人物に接触する理由は、怒りや怨讐《おんしゅう》、悪意がある場合が多い。所謂《いわゆる》、取り憑《つ》く、というものだ。しかし、目の前の少女の幽霊からは、真理に取り憑く、というよりは、寄り添うような印象がある。

これはどういうことだろう、と考えていると真理が「あの、どうかしました？」と疑問をよこし、名月は我に返る。

「い、いや。なんでもないよ」

実際は、なんでもなくない。

「どうしたんだろう私」「どうしちゃったんだろうね」

「名月さま。早くその人間と幽霊を追い払って下さい。お願い致します」

「そうは言ってもどうやって」

「？　何か言いました？」

「いやなんでも」

「もしかして。店員さんって」とここで真理は悪戯《いたずら》な笑みを浮かべた。「幽霊とか見えちゃう人ですか？」

「はは。まさか」

実際には、幽霊も妖怪《ようかい》も見られるし、触ることもできる。

名月は話題を逸《そ》らす材料はないかと逡巡《しゅんじゅん》する。とりあえず、少女の幽霊については考えないことにし、「せっかく来たんだし、何かお菓子でも買ってく？」と話をふった。

「そうですね。せっかく来たんですから」言いながら、真理はディスプレイを覗《のぞ》き「わあ」感嘆した。「これって上生菓子っていうんですか？　どれも綺麗《きれい》ですね。この中だとどれがおすすめですか？」

「ううん。どれがいいかな」

名月が悩んでいると、突然、真理の隣にいた少女の幽霊が、ある生菓子を指さした。

「お前には訊いてないぞ」

「え？　なにかいいました？」

「いやなんでも」名月は早口で否定した。

「名月さま。はやくそいつらをどこかへポイして下さい」

「分かってるよ。今やってるんだから」

「どうかしました？」

「いやなんでも」

「わあ。これなんか綺麗ですね。これにしようかな」

「あっちゃー」と名月は額に手をやった。「やっぱりか」

十二月の生菓子は、この間、篤胤と勝負した時と変わりない。が、一種類だけ、玉藻が気まぐれでつくった生菓子が追加されていた。真理と少女の幽霊が指さしたのは、その菓子だった。錦玉《きんぎょく》と呼ばれる、透明な羊羹《ようかん》の下地に、緑に着色したミジン羹という、別種の羊羹を使い、錦玉の中に煉《ね》りきり生地でつくった小さな赤い球体を三つあしらった和菓子だ。

菓銘は『柊《ひいらぎ》』で、その名の通り柊の葉と実を表現したお菓子だった。もうすぐクリスマス、ということで、クリスマスツリーに使われる飾りを題材にしたものだ。

なぜ和菓子屋がクリスマス関連の菓子をつくるのか？　と訊ねる名月に、玉藻は、和菓子屋の遊び心だ、と答えた。

普段から遊び心を総動員して、僕を弄《もてあそ》んでいるのだから、今更、こんな局所的な部分で披露する必要もないだろう。と名月は思ったが、あえてなにも答えなかった。

そんなことを回想している場合ではない、と名月は再度我に返る。少女の幽霊が、選んだ菓子を真理が選んだということは、やはり、この少女の幽霊は真理を操っているということだ。

「でもやっぱり悪意とかは感じないんだけど……」

「え？　なにかいいました？」

「いやなんでも」名月は早口で否定した。

ふと、視線を感じた。当然、こんな状況で名月に視線を投げる存在など、一つしかない。

名月は、半ば達観した面持ちで視線の主を見た。

むろん、幽霊の少女である。

どうせ、また悪意や嫌悪に満ちた感情の視線を送ってくるのだろうと、あらかじめ絶望しながら、少女に目をやる。

少女を見て、名月は、おや、と思う。少女は、物憂げなまなざしを名月に向けていた。何かを訴えるような顔だ。

まるで、最初から僕に何かを伝えようとして、この店にやってきたみたいだ。

では何を？　そもそもなぜ僕が幽霊や妖怪を見ることができると知っている？

様々な疑問が、泥濘《でいねい》の泡のように出ては消える。名月の思考を中断させたのは、真理の「あのぉ。大丈夫ですか？」という言葉だった。

主に頭とか？　と続けたそうな口調だ。名月はごまかすように頭を振り、「いや、なんでもないよ」と空とぼけ、急いで生菓子を袋に入れ、真理から代金を受け取る。

「それじゃあ。私はこれで。また来ますね」

「うん。じゃあまた」

名月は機械的に挨拶《あいさつ》をした。真理は名月に背を向けると店の入り口へ歩き始める。真理は背中を見せているのに、少女の幽霊は頑《かたく》なに名月を見ていた。

真理が店の扉を開け、雪避《よ》けの傘を広げた。傘に隠れるように少女の幽霊の姿も見えなくなる。真理はもう一度、名月に振り返ると、軽い会釈をして店から出て行った。

「あの幽霊はなんなんだ？」

「僕だって分かりかねます」

ぷるぷると生まれたての子鹿よろしく震えていた篤胤が、顔を出して言ってくる。目に涙をため、名月のズボンにしがみついてくる。

「本当にあの幽霊は篤胤を追ってこの店にきたのかい？」

「間違いないですよ」篤胤は必死の体で訴えた。

「でもなあ」と名月は釈然としない顔をつくり「だったら、なんで彼女に『柊』を買わせたんだろう」と独りごちた。「というかなんで篤胤は、あんなに幽霊に怯《おび》えていたんだい？」

「だって幽霊ですよ幽霊。あんなまともに意思疎通のできない相手、怖いに決まってるじゃないですか。そもそも科学的に証明されてないですし」

「それは君たち妖怪も同じじゃないかな」名月は苦笑いを浮かべた。

それにしても、と名月は今後の展開を予想し、背中に冷たいものが流れるのを感じる。

この店にくるお客に、まともな人間はいないのか？

3

縁の前兆なるものを明確に捉《とら》えたのは、二日後のことだった。その日は、赤飯の大口の注文が入っており、名月と玉藻は早朝四時から、赤飯の製造で忙殺されていた。

ボイラーをフル稼働させ、工場にある蒸籠《せいろ》はすべて使用されていた。外気温は氷点下だというのに、蒸気で満ちている工場の室温は三十度を超えており、まるでサウナの中で働いている感覚になる。

「名月よ。次の赤飯が上がるのは何分後だ？」

玉藻が、必死の体で訊ねてくる。その表情からは焦燥が窺《うかが》えた。珍しい玉藻の感情に、名月はやや、愉快な気分を覚えた。が、名月も相当焦っているのには違いがない。とにかく急いで、目の前の番重に入った赤飯を箱詰めしないと、次の赤飯の蒸し上がりに間に合わない。

名月は時計をみやり、長針の位置を確認した。思わず舌打ちが出る。

「くそ。あと八分で蒸し上がります」

「おーまいごっどー」工場でウロウロしているあずきが、言った。

「ぎりぎりだな。急ぐぞ」

「おーまいごっどー」工場でウロウロしているあずきが、言った。

「わかってます。すでに全速力です。しかし、師匠。なんだってあんたは、こんな無茶苦茶な注文を受けたんです。赤飯三百箱を午前中に仕上げるなんて。生米で換算して四十キロ分ですよ。僕たち二人でこなすにはどだい無理がある」

「おーまいごっどー」工場でウロウロしているあずきが、言った。

「いや、私と名月なら、できるさ」玉藻は手の動きはとめずに言い、「どのような注文でも、客が求めるなら用意するのが、私の誇りだ。なぜ、注文を受けるのか？　答えは簡単だ。そこに、注文という縁があるからだ」と誇らしげに語った。

「また縁ですか？　まったく。登山家の、そこに山があるからだ、みたいな台詞《せりふ》を言うなよ。だいたいから」ここで名月は言葉を区切る。

「どうした？　名月よ」玉藻は愉快気に口角を上げげた。

「いや。この先の台詞を口にすると、実際に起きそうで……」

「だいたいから、こういった状況で発生した縁でいい目が出たことがない、か」

「ああ、もう。あえて言わなかったのに。勘弁してよ」

「おーまいごっどー」工場でウロウロしているあずきが、言った。

「師匠。さっきから意味不明な英語を乱発している女の子がいるんですけど」

「ああ。私も深く考えると、腹が立つから、あえて考えないようにしていたが、そろそろ限界だ。おい、あずきよ」

玉藻の問いかけに、作業台の陰から、あずきが顔をぴょこりと出す。

「なんですか？　主様」

「さっきからお主が口走っているのはなんなのだ。耳障りでかなわん」

「よく訊《き》いてくれたね」あずきはなぜか胸をはる。「最近ね。洋画にはまってるんだ。ちなみにあずきは字幕で見る派だよ」

「お主の映画鑑賞に対するこだわりなど、どうでもいいわ」玉藻が強めの語調で返す。

「でね。あずき気づいたんだけど。洋画でね登場人物が困ったことになったら、絶対にこのおーまいごっどー、て言葉を使うんだ。だから真似をしてみた」

「はあ」玉藻は鉛のように重い息をついた。「一日三十時間テレビに張り付いてると思ってみれば……」

「おーまいごっどー」あずきは再度同じ言葉を口にする。「あい、どんと、のう」

「口癖まで洋画化しよってっ」

「あずきちゃん」名月は呆《あき》れ口調であずきに語りかける。「いいかい。そういう宗教的な言葉は遊びで使っちゃいけないんだ」

「……そうなの？」

「うん。それに、神に祈っても事態は好転しないんだよ。僕を見ていればわかるだろ」

「だね」

「おい、それは遠回しに私のことを馬鹿にしてないか？」

「……だから、今からその言葉は使用禁止だ。僕らの精神衛生的にもよくないし」

「おい。なんだ、その奇妙な間はっ」

名月が諭すような口調で言うとあずきは素直に頷《うなず》いた。

「わかった」

「いまいち会話の流れに得心がゆかぬが」玉藻があらたまるように「余計な雑音が消えたことだし、作業を続行するぞ」と続ける。

「了解です」

「で、あずきが手伝うことある？」

「「息でも吸ってろ！」」名月と玉藻の言葉が唱和した。

4

「はあ。死ぬかと思った」

名月は肩を大きく上下させながら、安堵《あんど》の息を吐いた。本当にぎりぎりだった。が、なんとか赤飯三百箱を予定の時間までに完成させることに成功した。

赤飯をつくり始めた当初は、あまりのゴールの見えなさに、このまま自分の生涯は赤飯に捧《ささ》げることになるのではないか、と半ば真剣に考えていたが、人間死ぬ気になれば大抵のことはできるらしい。

「な。なんとかなったであろう」

「なったであろう」役立たずの超新星とでもいうべきあずきも、玉藻に続く。

「君はなにもしてないだろう」

「そんなことないよ」あずきが平然と言ってのけるので、名月は「わおっ」と感嘆するしかない。「心の中で応援してた。名月、ファイトって」

「そうか。ならば僕はなにも言うまい」

「名月もね。今はわからないかもしれないけど。あずきの気持ちに気づいて、感謝する日もあるかもしれないよ」

「なんで僕がちょっと責められてるんだ？」

名月の呆れ顔にあずきは「ね、主様」と声を飛ばした。玉藻を見る。すると玉藻はなにかを一瞬考えるような顔つきになり、すぐに「そうかもしれんな」と相好を崩す。

意外な玉藻の反応に、名月は警戒を強めた。玉藻がこういう含みのある行動をとるときは、いつだって、厄介な状況、すなわち玉藻の言うところの縁が発生する。

「そう身構えるな。名月」

「条件反射みたいなもんだ」

名月は使用していた秤《はかり》を綺麗《きれい》に拭《ふ》いて、棚に戻した。と同時に「……ちゃん」という子供の声が聞こえた気がし、「え？」と言ってあたりを確認した。

「どうした？　名月よ」

「いや。今、どこかから幽《かす》かに声が……」

「私には聞こえなかったが」

「あずきも聞こえてない」

「気のせいかな？」

少し気を張りすぎているのだろうか、と思い直すと、今度ははっきりと「名月お兄ちゃん」という声が聞こえた。子供の声だ。間違いない。

「ほら。絶対に声が聞こえたぞ」

「？　私には聞こえなかった」玉藻は意見を変えない。

絶対に聞こえたのに。名月は玉藻が嘘を言っているのではないか、と疑いの眼差《まなざ》しを向ける。嘘であった場合、お前のその耳は飾りかなにかか、と精一杯の当てこすりをする心づもりで、玉藻の様子を窺うが、嘘を言った気配はない。

「だから言ってるであろう。私にはなにも聞こえておらん。それに私は真実を言わないが嘘も言わん」

「開き直ってるなあ。あと勝手に人の心を読まないでください」

名月は詠嘆口調になる。すぐ、やっぱり気のせいだったのか？　と得心のゆかぬ顔をつくった。

「まあ。疲れているのではないか？　ほれ」

玉藻が鍵《かぎ》を投げて寄越《よこ》した。この赤飯を届けるために、届け先から借り受けた軽自動車のキーだ。今は春寿堂の裏手に止めてある。

「あとはこの赤飯を届ければ、この業務も終了だ」

「むろん、届けるのは？」

「名月だ。私はもうすぐこの店に届くケイヒ末を受け取らねばならんからな」

「ケイヒ末？」名月はまゆを寄せた。「なんです？　それ」

「ケイヒ末はケイヒ末だ。それ以上でもそれ以下でもない。とにかく、配達の方は頼んだぞ」

「はいはい。それで配達先はどこですか？」

「高野山大学だ」

「………おーまいごっど」

名月はありったけの言葉を口にする。

車を運転し、高野山大学へ向かった。高野山の道路はそれなりに入り組んでいるが、小さな街なので、あらかじめ地図を見ておけば迷うことはない。

国道を使い千手院橋《せんじゅいんばし》方面を走る。冬の高野山は雪が降り積もっている分、かなり狭く感じる。まるで雪を布団のように被《かぶ》り、眠りにつくような雰囲気があった。

千手院橋の少し手前で、右折すれば、すぐに高野山大学の東門が見えてくるはずだ。運転しながら、件《くだん》の女性、真理について考えを巡らせた。

「いったい、あの少女の幽霊は、僕に何を求めてきたのか」

そのことについて考え、すぐに、いやいやいや、と考えを打ち払った。なんで僕が、縁もゆかりもない女性について、考えなければならぬのか。馬鹿げている。

縁もゆかりもない、と自問する。ほんとうに？　玉藻の顔が頭に浮かぶ。年から年中「縁、縁、縁」と言っている神だ。玉藻のもとにいる限り、この縁の連鎖は永遠に途切れないのではないか。そんな不気味な想像が頭をよぎる。

大きくかぶりを振り、嫌な思いを払拭《ふっしょく》した。

考えごとをしていると時間が短く感じるらしい。気が付けば高野山大学の東門が見えてくる。ブレーキを踏み、減速し、門をくぐり駐車場に停車した。

サイドブレーキを引き、エンジンを切る。自動車の振動が消えたのを確認して、車からおり、バックボードをあけ、台車を取り出した。その台車の上に、ダンボールに入った赤飯をのせる。

「大きめのダンボールに入れても十箱以上あるから、何往復かしないといけないな」

名月はげんなりしながら独りごちた。今日は珍しく雪が降っておらず、高野山大学の広大な敷地には、除雪された道が出来ていた。相変わらず、厚い雲が太陽を遮り、陽光の恩恵を受けているとはいいがたい気候ではあるが、雪が降っていないだけでもありがたい。

名月は震える体をさすり、台車を押し、配達をはじめた。

思ったほど配達に時間を取られなかったのが幸運だった。配達の受け渡し場所である松《まつ》下講堂《したこうどう》・黎明館《れいめいかん》が、駐車場のすぐそばだったのだ。係員の説明によれば、どこかの議員の講演会があるようで、赤飯はその議員とその関係者に配られるらしい。

係員いわく、議員などに贈るものは普通、花などが多いらしいが、昼食を食べる暇さえない議員からすれば、花よりも、携帯できて食べやすい赤飯などの方が好まれるらしい。

名月にとっては極めてどうでもいい話だった。

名月にとって喫緊の問題は、松下講堂・黎明館を出て、ほどなく話しかけてきた見覚えのありすぎる女性についてだった。

名月が松下講堂・黎明館を出て、春寿堂へ戻ろうとした時、一人の女性と、一人の少女が目の前を通り過ぎた。女性はこの間、春寿堂に現れた真理という女性だ。少女の方は、真理を春寿堂まで導いた幽霊だ。本来なら息を潜めてやり過ごせばよかったのだろうが、思わず反射的に「あ、君は」と呟《つぶや》いたのが、こちらの落ち度だったようだ。

真理は「あ、あなたは春寿堂の」と言いながら、周囲の気温を上昇させるのでは、と思うほどの笑顔をつくり、名月の近くまで寄ってきた。

極めて不本意で劇的な邂逅《かいこう》だ、とげんなりする。

「やあ。僕はえっと秋夜名月っていいます」

「名月さんですか。いいお名前ですね。今日はどうしたんです？」

「ああ。ちょっと注文の品を届けていたんだ」

「そうなんですか」

終始当たり障りない会話を心がける。名月は目の端で少女の幽霊の様子を窺《うかが》った。やはり少女は、名月に対して何かを訴えかけるような眼差しを向けていた。

いったい僕にどうしろというんだ。

名月が途方にくれていると、真理が「あの、どうしましたか？」と不審気に訊《たず》ねてきた。

名月は慌てて「なんでもないよ」と空とぼけた。

「そうですか。ああ、この間のお菓子とってもおいしかったです。上品な甘さで。あまり和菓子は食べたことなかったんですけど、はまりそうです」

「それはよかった。気に入ってもらえて。またいつでも来てよ」

「そう……ですね」と一瞬ではあるが真理の顔が曇った。すぐに表情を明るくさせ「ぜひ伺わせてもらいます」と答える。

その奇妙な反応に名月は違和感を覚えた。なにより、真理の顔に陰りが見えた時、少女の幽霊も悲しそうな表情をつくったのだ。

さすがにこれはなにかあるな、とわかる。

少し思うところがあり、名月は手に持っていた袋を真理の目の前に出した。袋の中には予備の赤飯が入っている。

「これ配達で余った赤飯なんだけど……よかったら昼ご飯にどうかな」

これじゃあ、まるで、僕が彼女をナンパしてるみたいじゃないか、と頬が熱くなるのを感じる。

名月の誘いに真理は、え、といい、少し戸惑いを見せたが「いいんですか？」と否定しない態度をつくる。

「うん。どうせ僕一人じゃあ、食べきれないし」

「じゃあ遠慮なく頂きます。せっかくですし図書館にある司書専用休憩ブースで食べませんか？　今なら人もいないと思うので、図書館関係者以外の人が入っても大丈夫だと思います」

そちらの方が都合がいいかもしれない、と名月は首肯した。

司書の休憩室と聞いていたので、もっと重々しい雰囲気の部屋だと思っていたのだが、名月が通された部屋は随分と簡素だった。十畳ほどの部屋に、壁際には司書が使っていると思《おぼ》しきロッカーがある。部屋の中央にはパイプテーブルと椅子があるだけだ。

「意外ですか？」

こちらの疑問に先回りするかのように真理が言った。

「うん。ほら僕あんまり学校とか行ったことがなくて、図書館といえば、いたるところに本が乱積してるイメージがあったから」

「ずいぶんアナログなんですね名月さんって」真理はくつくつと笑った。

「いや、まあ、申し訳ない」名月は取り繕うように「さっそく食べようか」と続ける。

名月は紙袋から赤飯をふたつ取り出すと、真理に差し出すようにテーブルの上へ置いた。

「あ、私お茶入れますね」

真理が冷蔵庫からペットボトルのお茶を取り出し、紙コップに注いでくれる。名月は礼を言いながら、紙コップに口をつける。目だけで、室内を観察した。やはり、自分が想像していたよりも随分と殺風景な部屋だ。時間や天候のせいかも知れないが、この図書館そのものに人気がないように思えた。

視線を動かしていると、腹の底からこみ上げるような恐怖を感じた。その所在を探る。

名月が覚えた恐怖は、真理がテーブルの上に置いたトートバッグからだった。おそらく学業で使う教科書が入っているのだろう。

しかし、真理が持っていたバッグの中から、異様なほど禍々《まがまが》しい気配を感じた。

よくないとは思いつつバッグの中を覗《のぞ》きみる。

真っ黒い背表紙の本だ。なんの特徴もない古びた本。ただそれだけのはずなのに、視線が外せない。名月の中にある本能が、「この本はやばい」と告げていた。

なぜこのような本が彼女の手元にあるのか。この本は明らかに人間、というよりは、幽霊、妖怪《ようかい》、人間、どの存在も触れてはいけないものだ。

本能で分かる。

たまたま司書のバイトをしているから手に入れられるとは到底思えない代物だ。

反射的に負の異変を察した名月は、真理のバッグからひったくるように、不気味な雰囲気を醸し出す本を、自分が持っている赤飯を入れていた紙袋につっこんだ。

「どうしたんです」

「いや、なんでも」

名月の様子に真理は訝《いぶか》しむ。しかし、視線をトートバッグに移すと、納得したような表情で「ああ、あれですか」と呟く。「名月さんもお花がお好きなんですか?」

「花?」

名月は首をひねり、真理のバッグを見た。黒い本をひったくった拍子に『花言葉』なる本が一緒に出て来てしまっていた。不幸中の幸いだ。さらに幸いなのが、彼女が、名月の気を引いているのはその『花言葉』という本だと勘違いしたことだった。

平常心を必死に保ち「うん、そうだよ。ちょっと見ていいかな？」と嘘をつく。席を立ち、その花の本に興味がある風を装い、真理のバッグに手を伸ばす。

何食わぬ顔で花の本を手に取り、席に戻る。

「姉がね。好きだったんです」

「えっと。なにが？」

「姉はお花が大好きだったんです」

トーンの低い声に名月は怪訝《けげん》な顔つきになった。それに彼女の言葉も気になる。

「だったっていうのは……その、つまり」

「ええ。亡くなりました。小さい頃に」

「そうなんだ……それは残念だったね。というか僕にそんな話してもいいの？」

「何ででしょうね」と真理はおもむろに口にし「名月さんには話したほうがいいんじゃないかって気がするんです」

名月は少女の幽霊の正体にようやく気づいた。

この子は真理の姉なのか。では真理の姉は僕に何を伝えたいのか。

「お姉さんは……」名月は探るように言葉を選んだ。デリケートな問題だけに取り扱いが難しい。「お姉さんはもしかして、なにかやり残したことでも」

お前は馬鹿か、と自分自身をなじる気持ちだった。質問がストレートすぎる。

名月の無礼な問いかけにも、真理は怒るわけでもなく「ええ」と首肯した。

「姉は私が生きていることに怒っているんです」

「……は？」

言っている意味が分からないが、ここまでぶしつけな質問をしてしまった以上、引きかえすこともできない。毒を食らわば皿まで、という気持ちで「詳しく聞いてもいい？」と真理にぶつけた。

「ええ。大丈夫ですけど。あまり面白くないですよ？」

「うん。僕は平気だよ」

「そうですか」と真理は一考するように黙り、そのあと静かに口を開く。「私がもともと住んでいたところは自然が多くて、というよりも、自然しかないので、当然、小さい子どもの遊び場は山か川になります」

「うん」名月は相づちを打ち、真理に話の続きを促す。

「私たち姉妹もそうでした。暇があると山に遊びに行って、お花を摘んだりして遊んでました。その日は……」ここで真理は息を呑《の》む。「その日も山で遊んでいて、帰ろうとした時、突然、雨が降り出したんです。姉は危ないから自転車を押して帰ろうって、提案したんですが、私は見たいテレビに間に合わないから、自転車に乗って山を下りようって……そしたら帰り道、突然、道の陰から車が……」

「いや、それ以上は言わなくていい。あとのことは想像できるから」

肩を震わせる真理をなだめ、名月はだいたいの事情を察した。つまり、彼女は自分のせいで姉が死んだと思っているのだろう。自分が自転車で山を下りようと言わなければ、姉が交通事故にあうこともなかった。

「あの時……」名月は先日、初めて真理と出会った時の会話を思い出す。「君が、雨が嫌いと言ったのはそういう意味があったのか」

「そんなことまで覚えて貰《もら》ってたんですか」真理は一瞬目を見開いてから、鈴を転がすような声で笑った。「それに私、あの一件以来、自転車も乗れないんですよ。雨や自転車を見ると、どうしても姉のことを思い出しちゃって……私のことを変なあだ名で呼ぶ姉でしたがとってもいい人でした」

「へんなあだ名？」

「ええ、私の名前は真理で、姉の名前は由理《ゆり》っていうんですけど。どうにも語呂《ごろ》的に名前が似てたので」そこまで愉快げに言って、真理は無理矢理な笑顔をつくった。「こんなことばかり考えたり、思い出したりする私って情けないですよね」

「そうは思わないけど……、でもまだ疑問に思っていることがあるんだ。聞いてもいいかな」

「ここまで話しちゃったんですから、なんでも聞いて下さい」

ほとんど自虐に近い雰囲気で、真理が言った。おそらくは自分のかさぶたを自身ではがすような感覚なのかもしれない。

「君はさっき。お姉さんが、君が生きていることに対して怒っているって……それが、どうしても理解できない。まるで、お姉さんの気持ちを直に聞いたみたいだ」

「ええ。聞いたんです」と真理ははっきりと言い切った。「最近になって夢に姉が現れるようになったんです。夢の中で姉は泣きながら私に叫ぶんです」

「なんて?」

真理は黙り込む。抱えている闇を解き放っていいのかどうか迷うような素振りをするが、意を決したように、名月を見据えた。

「死んじゃえって。夢の中で姉はそう叫んでました」

名月は真理の傍らにいる姉の幽霊——由理を見た。由理は悲しそうな顔で、首をふっている。

「そんな馬鹿な。なんでお姉さんが君に死ねなんて言うんだ？」

「でもたしかに聞いたんです。掠《かす》れていてよく聞こえませんでしたが、たしかに『しんじゃえ』と叫んでいました」

「それはありえない」

強く否定する。なぜなら君の姉は君の隣にいて、しかも心配そうに君を見ているのだから、と言いたい衝動に駆られるが、今まで信じてもらえたことのない経験が、邪魔をする。

「なぜ、ありえないと言い切れるんです」真理の口調がかなり強くなった。目を鋭くさせ「姉が死ぬ原因をつくったのは私なんですよ？　しかも私だけ生き残った。そんな私を許すわけないじゃないですか」と早口でまくしたてる。

名月に怒りをぶつけている、というよりは、自分自身にぶつけている印象だ。真理はすぐに顔を伏せ「ごめんなさい」と肩を落とす。

これはさすがに、いたたまれない。名月は胸をなにかで絞られる感覚になった。真理という女性も見ていてつらいが、この姉の由理も痛々しいものがある。なぜ、赤飯をご馳走《ちそう》しただけで、ここまで心を痛めなくてはならぬのか。

名月は信じてもらえないのを覚悟の上で、自身の特殊な体質について語った。

「実は僕、見えるんだ」

「え？」

「だから、幽霊や妖怪みたいな存在が見えるんだ」普段、絶対に他者へ漏らさない秘密だ。「君がうちの店に訪れたのは、偶然じゃない。君のお姉さんの幽霊が君を導いたんだ。たぶん僕が幽霊の見える体質だと知っていたんだ」

今思えば、以前、真理の前で子狐を助けた時、すでに由理の霊は彼女の傍らにあったのだろう。だから、由理は名月を選んだ。妖怪の姿を見ることのできる名月に自分の気持ちを代弁させる為に春寿堂まで真理を誘ったんだ。こう考えれば辻褄《つじつま》があう。

「で、姉はなんて」

「言葉は話さないから何を言っているのかはわからない。でも君のことを心配そうに見てる。この表情は絶対に恨んだり怒っていたりするもんじゃない」

真理の様子を窺《うかが》う。表情の動きを慎重に観察した。どれほどの時間そうしていたのか、真理が、ふっと、小さな息を吐いた。

「ありがとうございます」

一瞬、信じてくれたのだろうか、と期待しそうになるが、その安易な僥倖《ぎょうこう》は「名月さん。お優しいんですね」という彼女の言葉に粉砕される。

「そんな嘘まで言って、私のこと励ましてくれるなんて」

「別に励ましてるわけじゃあ」

「でもういいんです。自分なりに結論は出してますから」

真理は時計を見て、「ああ、もう講義の時間だ」と席を立った。

「すいません。こんな暗い話しちゃって。私はもうこれで失礼しますけど、名月さんはゆっくりご飯を食べて行ってくださいね」

会釈をして部屋から出て行く真理を見ながら、名月は浅く椅子に座り直した。背もたれに体を預け、天井を仰いだ。白濁色の天井がある。

「やっぱり信じてもらえないよなあ」

5

やや気分が沈んだまま、春寿堂に戻り、仕事をこなす。夜になり、店じまいをして、店の二階にある居間であずきと共に食事をする。あずきはテレビに釘付《くぎづ》けだ。いつもの通りの光景なのに、どうにもすっきりしない。心なしか、食べ物の味も普段より感じない気がする。

「なにか思うところがあるようだな」

突然の声に、名月は肩を大きく上下させそちらをみやった。知らない間に、玉藻が居間に現れており、名月を見下ろしていた。

「珍しいですね。師匠が居間にいるなんて」

玉藻は普段、名月たちと食事をすることはない。神である玉藻は食事の必要がないらしい。あずきも本来であれば食事をする必要などないのだが、どうやらこの少女は娯楽や趣味の一環で、食事をしているようだ。

玉藻は優雅な動きで名月の前に座った。銀髪がふわりと舞い、ガラス細工のように光る。その人間離れした様子を見ていると、やはりこいつは神なのか、と納得できてしまった。

「まあな。弟子の心のケアも師匠の仕事だしな」

「そりゃあ。頼もしい」

「して。名月よ」玉藻は優しげな赤い瞳《ひとみ》を揺らした。「お主は何について悩んでおる。自分の体質を説明しても信じてもらえないことか？」

「師匠は、僕の身に起きていることを何でも把握してますね」名月は苦笑する。

「まあな。なにせ神だしな」

「でも不正解ですね。別に僕の話を信じてもらえなかったことを気にしてるんじゃないんだ」

「とは？」

「人間も妖怪《ようかい》も幽霊も色々とあるなあって」名月は達観するように言った。「僕は、幽霊や妖怪の見える自分が好きじゃない。この姿勢は今後も変える気はないよ。でもさ。本当に幽霊の気持ちを知りたい人間や、自分の気持ちを知ってほしい幽霊からすれば、僕の体質はとても羨《うらや》ましいものなんだろうな。なんで、そういう人間にこういう体質を与えないのかなってね。少しだけセンチメンタルな気分になるんだよ」

「若い身空で達観しておるなあ。いいか、お主のような体質の人間は、百五十歳まで生きる人間よりまれだ」

「死なない人間よりまれってどういうことだ。じゃあ僕はなんなんだ？　神か何かか？」

「神は私だよ。そしてお主は人間だ。私は数百年前に、お主のような体質の人間と対峙《たいじ》しておるが……」と玉藻は人差し指を名月に向けた。「やはりお主は面白い、名月よ。お主にとっては不本意かもしれんが、今までお主は、様々な縁を結び、そして、様々な存在を助けてきたではないか。そんなお主にしては今回は諦《あきら》めが早い。あの娘をなんとかしてやりたいとは思わんのか？」

「もともと僕はそういうタイプじゃないさ。今まで成り行きでそうしてきただけで」

「ふむ」玉藻は納得するように頷《うなず》いた。「成り行きか。それもよろしかろ。名月よ。ではお主に、やる気の出る話を聴かせてやろう」

「やる気の出る？」

「面白い本を持っておるな」

そう言ってちゃぶ台の脇にある紙袋を見た。真理からくすねてきた、嫌な雰囲気の黒い本だ。

「ああ。あの子の持っていたバッグに入ってたんだ。明らかにやばそうだったから持って帰ってきた」

「それは妖書《ようしょ》だな」

「妖書？　洋書じゃなくて？」

「うむ。妖刀という言葉は聞いたことあるだろう。不思議な力を持った品物の一種だ。そういった品物は大抵、使用者を破滅へ導く」

「なんだ」名月は淡泊に応じる。「だいたい師匠と同じじゃないですか」

「貴様、はっ倒すぞ」

「で、この本にはいったいどういう効果があるんですか」

「使用者の願いを叶《かな》える本だ」

「願いを叶える」名月は不可解な顔つきになる。「でも、願いを叶えるって相当なリスクがあるんじゃないですか」

「いや。その本を使うには、自分の体の一部をその本に喰《く》わせるだけでいい。正確には本に挟む、だな。血の一滴、髪の毛一本、爪のかけら。それだけでその本は機能する」

「すごいじゃないですか」

「そうじゃない。この本は使用者の『真実の願いを極端に叶える』本だ。つまり、仮に若返りたい、と願っている者がその本を利用すると、本当に若返る。むろん若返り続けるわけだから、一瞬のうちに胎児まで若返り、最終的には消滅する。例えば、お主がこの本を使用したとすると、おそらく、幽霊や妖怪が見えないばかりか、現実も見えなくなるし、最悪、脳が破壊され、廃人になるだろうな」

「この本の制作者は、いったいどういう意図でこんなもの作ったんだ?」

「さあな」玉藻は肩をすくめ、おどけて見せた。「ただ、死んで元々の精神であれば、それなりに利用価値もあるかもしれん。実際、私の見たところによると、その本は今日使用された形跡がある」

「おいおいおいおい。そんな馬鹿どこに……」

そこまで口を開き、自分の口がふさがらないことに絶望した。マジかよ、と陰鬱《いんうつ》な気持ちになる。想像したくないが、こちらの意思に関係なく、むやみな想像力がたくましく展開されていくのには、自らを褒めたたえたい衝動すら抱いた。

死んでもいいと思っており、しかも、願い事を叶えたいと思っている人間。

真理しかいない。

「おおい。冗談だろ！」名月は弾《はじ》けるような声を出した。「なんて情報を出してくれたんだ！」と半ば八つ当たりに近い感情を玉藻にぶつけた。

「やる気出たろ？」

「やる気の出る出ないの問題ではない」ぴしゃりと言い放ち、「そんな情報を出されて、もし本当にあの人が死んだら、なんかちょっと僕のせいみたいじゃないか」と続ける。

「名月のせいではないだろう。そういう運命だったのだ。そもそも、この本そのものがそのへんの小娘が入手できる代物ではないのだから、この本を娘に渡した奴のせいだ」

「そんな詭弁《きべん》で納得できるなら、僕の人生もっとバラ色だ」

「桃色ではなくてかっ」

「下ネタを言っている場合ではない！」

名月は顎《あご》に手をやり、必死に頭を動かした。何をするのが先決だ、と自らに問う。あとどのぐらいの猶予があるのか、あるいは、もはや手遅れなのか、それすらわからない。

悩んでいる名月に玉藻が「あと一時間だな」と声を飛ばした。「私の見立てでは、この本が効力を発するまであと一時間ぐらいかかる」

それはいい知らせなのか、悪い知らせなのかすら判然とせぬまま、必死に頭を回転させる。靄《もや》がかかった思考を必死でかき分け、必要な情報と必要でない情報を選《え》り分ける。

そもそもこの腐れ妖書なるものがなければ、こんな状況にはならなかったのに、と名月は恨みのこもった目で、妖書の入った紙袋を睨《にら》んだ。

「ん？」

紙袋に妖書以外の物が入っていることに気づいた。取り出してみると、『花言葉』というタイトルの本だ。妖書と一緒に持って帰ってきてしまったらしい。

真理の姉は花が好きだった、と真理は語っていた。

「そういえば、最初、真理さんが生菓子を買ったときは、姉の幽霊が選ばせたんだよな」

ぼそりと呟《つぶや》く。たしか、彼女が買ったのは『柊』だったはずだ。名月は本を開くと、柊の花言葉を探し始めた。急いでページをめくり、柊の花言葉を確認する。

やっぱり、真理の姉は彼女のことを恨んでなんていなかったんだ。

そう確信し、名月は作務衣《さむえ》をはおり、外に出る準備をした。

「どうする気だ？」玉藻は楽しげだ。

「あと、一時間以内に、真理さんを見つけ出して、姉の幽霊の意図を説明して、妖書が効力を発するのをどうにかする方法を見つけ出す」


死ぬ気で十メートルの崖を飛び越えてください、と言われているような気になるが、やるしかない。

「ふむ。妖書の効力が発動するのは一度だけだ。それさえしのげれば、なんとかなる。まあ、しのげる願いであればいいのだがな」

「そうであることを願っていてくれ」

名月は外へ向かって駆け出す。その背中に玉藻が「お主も奇特な人間だな。なんでそこまでするのだ？」と茶化すように言ってきた。

名月は振り返りもせず、ほとんど嫌みのつもりで玉藻の台詞《せりふ》を拝借した。

「そこに縁があるからじゃないのか？」

6

夜の街を駆け抜け、高野山大学までやってきた。真理がいるとすれば、ここである可能性が高い。が、そのあては見事に外れた。図書館まで訪れたが、すでに図書館は閉館されたあとだった。どの窓を見ても、まったく明かりがともっていない。少なくとも図書館にはいないのは明白だ。ならば、この大学構内のどこかにいるのだろうか。

「僕は馬鹿か」名月は息が上がっているのも構わず悪態をついた。「たとえ、彼女がこの大学構内にいたとしても、こんな広い大学、一時間で調べられるわけがない」

名月は時計を確認した。あと四十分もない。焦りだけが先行して、まともにものを考えることができない。

落ち着け、と自らを叱咤《しった》した。何か方法があるはずだ。いつものことじゃないか。絶対にすべてはつながるはずだ。

まず、彼女を普通の手段で見つけるのは諦めた。それは不可能だ。あらかじめ、彼女が現れるポイントを知っていないといけない。

「……真理さんの現れるポイント……」

引っかかりを覚えた。それさえ分かればなんとかなる。

「そうかっ。彼女が四十分後どこにいるかわかれば……」

彼女はいったい妖書にどのような願いをしたのか。おそらく、姉に会いたい、だとか、姉と話したいだとか、そういう類《たぐい》のことだと想定できる。僕が妖書だったら、いったいどのようにして願いを叶える。

なぜ僕が本の気持ちになって考えなければならぬのか、と憤りを覚えながら、名月は必死に想像した。

僕が妖書だったら、間違いなく彼女を殺す。殺せば姉の霊体と会いたい放題、喋《しゃべ》りたい放題だからだ。ではどう殺す？　彼女自身のトラウマに強く訴えかけるような殺し方の方が、妖書の好みに合うだろう。ではそれはなんだ？

「……交通事故」

はっとする。ほとんど出たとこ勝負の勘にすぎないが、結論としては悪くはない。あと出揃ってない情報はなんだ。これが僕の縁だとすれば、なにか繋《つな》がりが発生するはずだ。

作務衣のポケットになにか入っていることに気づいたのは偶然だった。

さきほどから走っている間、ずっとポケットで硬い何かが揺れていたのを思い出したのだ。取り出してみると、軽自動車のキーだった。昼間、高野山大学の職員に返し忘れていたものだ。さらになにか入っている。あずきから貰《もら》った南天の葉だ。

「そういえば、あずきのやつ、これに気持ちを込めたって言ってたな」

難から吉へ転ずる葉。毒や邪気に反応し、変色する葉。そして車のキー。車の中にあった地図。四十分後に真理が交通事故で死ぬ事実。

「こうもぴったりつながるのか」名月は呆《あき》れてしまう。

こんな些細《ささい》なことすら縁なのか、と名月は怒りを通り越し神秘的な気持ちになる。

急いで高野山大学の駐車場に戻り、目当ての車に乗り込んだ。エンジンをかけ、室内灯をつけた。高野山の地図を取り出し、広げる。縮尺が一番大きいページを開き、南天の葉を一つ一つ千切り、地図全体に広げる。

おそらくこの南天の葉には、あずきの気持ち、すなわち、あずきの式神としての力が入っているはずだ。つまり、かなり特別な南天の葉であるはずだ。でなければ、あずきが「いつかあずきに感謝する」と発言した時、玉藻があんなに含みのある態度をするわけがない。何かなければあの二人を二十四時間説教してやる。

名月は明確な怒りを抱きながら、地図に散らばった南天の葉を見た。すぐに結果が現れる。地図に広がった南天の葉。その一枚が急速に色を失っていったのだ。

「ビンゴだっ！」

握りこぶしをつくり、南天の葉が色を失った場所を確認する。龍神《りゅうじん》通りという道をかなり下ったところだ。車で飛ばせばおそらく十分前後といったところだ。

「十分間に合う。まだ三十分以上あるし」

時計を見ながら呟く。僕にしては運がいい。

「赤飯三百箱に比べれば、なんてことない」

アクセルを踏み、車を飛ばし、すぐにブレーキをかけ停車した。

「運がいい？　僕が」

馬鹿な、と自分自身を嘲笑《ちょうしょう》した。お前のような人間に限って運が良いわけがない。運がいいことすら不幸への布石だろう、と悲しい悟りを開く。

まず、妖書が交通事故を起こそうとする場合、一番分かりやすいのは、真理を追いかけている名月の車を彼女にぶつけて殺すパターンだ。おそらく真理は昔のトラウマを鮮明に蘇《よみがえ》らせながら絶命する。

つまり、自分のせいで知り合いが死んだ、と真理は後悔しながら命を散らすだろう。

負の連鎖が続くが、真理そのものは、死んで姉の由理に会える。

妖書は使用者の願いを極端に叶《かな》えるのだから、この筋書きは悪くない。

時計を見る。文字通り死ぬ気で走れば、なんとか間に合うかもしれない。

「ああっ。くそったれ。やればいいんだろ。やれば！」

名月は車を飛び出すと、全速力で走りだした。息が切れる。脇腹も痛む。が、そんな悠長なことは言っていられない。

国道へ出て、しばらく走ると右折し、龍神通りに入る。信号に突き当たる度に、赤信号に襲われるが、躊躇《ちゅうちょ》なく、それらを無視する。

龍神通りをまっすぐ下っていると、はるか前方に見覚えのある後ろ姿が、目に入った。

間違いなく真理だ。真理の姉の幽霊が、必死に真理の前に出てはすり抜けられ、前に出てはすり抜けられ、報われることのない通せんぼをしている。

「マジでギリギリだ」

ギリギリだが、なんとか間に合いそうではある。

少しだけ、自分の中に希望の光が差すのを感じ、すぐに頭を振った。

「もう大丈夫なら、なんで由理の霊は通せんぼなんてしてるんだ？」

名月自身が、真理をひき殺す可能性はなくなった。なので、あとは真理さえ保護できれば、僕の勝ちなはずだ。

本当にそうか？

名月は嫌な予感を覚える。あまりにも状況が単純すぎる。自分が車を運転しないだけで、妖書なるものの力を阻害できるとは到底思えない。

というか僕に限って、これほど簡単にどうにかなるはずもない。

もはや様々な可能性を考えている余裕などなかった。とにかく、あの妖書が交通事故で真理を殺すという事象だけに、思考を集中する。

何かあるはずだ。僕が取りこぼしている情報が。真理を死なせるわけにはいかない、とさすがに分かる。死してなお、あれだけ妹を守ろうとしている姉に「死んじゃえ」と言われていると勘違いしたままの彼女を死なせるのは、あまりに罪悪感が強すぎる。

死んじゃえ？

そういえば真理は、掠《かす》れたようにしか聞こえなかったと言っていた。つまり、断片的な姉の言葉を繋げて、死んじゃえと聞き取ったのだ。

「聞き間違い……いや、それ以前の勘違い？」

あずきが行った愚行を思い出す。玉藻が「コンロに湯をかけといてくれ」と頼んだ結果、本当にコンロにお湯をかける馬鹿がいるのだ。

ならば、些細な聞き間違いを、大きく飛躍させる人間がいる可能性もある。そこに「自分は姉を死なせてしまった」という罪悪感が加われば、可能性は可能性ではなく、確実なものへと変化するのではないか。

そこまで考え、さらに思考を展開させた。

死ん　しん　真

「嘘だろっ！　そういうことかっ」

名月は叫ぶと同時に、曲がり角を曲がろうとしていた真理に「ちょっと待った！」と大声を投げかけていた。真理は反射的に名月に振り返る。と同時に、足下を滑らせて転倒した。ちょうど、道と道が交差する場所だ。そして、名月の手が真理の襟を摑《つか》むのも同時で、さらに真理が曲がろうとしていた道の前方から、駆動音のない車が迫ってくるのも同時だった。

サイドブレーキをかけ忘れたのか、あるいはただ単にスリップしたのかは知らないが、前方の坂道から、車がゆっくりと迫ってくる。

「ああっくそ。やっぱり前だった」

名月は、真理を力の限り引き寄せ、その反動を利用して、自分は前へ飛び、すんでのところで迫り来る自動車を回避する。

自動車は、真理と名月の間を抜け、前方の電信柱にぶつかり、自動車からスクラップへと進化し、動きをとめた。

「僕、よく助かったな」

我ながら、感心する。そういえば真理はどうなったのだろう、と彼女の姿を捜した。彼女はすぐ近くにいた。呆然《ぼうぜん》とスクラップを見つめていた。名月が「あの真理さん」と呼ぶとようやく我にかえったのか「な、名月さんっ！」と素《す》っ頓狂《とんきよう》な声を出した。「どうしてこんなところに？」

「まあ、色々とね」名月ははぐらかす。「それよりも、変な本を使ったおまじないをしたらしいね」

「えと。ええ」真理は所在無げに、目を伏せる。「あまり信じてなかったんですけど……」

「まあ。それはもうすぎたことだからいいんだ。とりあえず君に伝えたいことがあって」

「私に伝えたいこと？」

「うん。君、お姉さんに変なあだ名で呼ばれてたって言っただろ？ もしかしてお姉さんから『しんちゃん』ってあだ名で呼ばれてた？」

「へ」真理は気の抜けた声を出した。「どうしてそれを？ まり、ま、は真実のしん、ですからしんちゃんと呼ばれてました」

「やっぱりか……」

名月は疲れたように、道路に尻《しり》をついた。雪がとけ、服に染み込んでくるが、構っていられない。

「いいかい。まず、結論から言おう。君のお姉さんは君を恨んだりしていない」

「でもたしかに私は夢の中で」

「すとっぷ」名月は腕を前にだし、真理の言葉を止める。「君は、夢の中でお姉さんの叫ぶ、断片的な言葉を聞いて、死んじゃえと言っていると思った」

「え、ええ」

「それがそもそもの間違いだ。いいかい。君のお姉さんは君の夢の中で、今日の事故のことを警告してたんだ。君が事故で死んでしまわないように。君のお姉さんは、君に『死んじゃえ』なんて言っていない。おそらくは」

名月は言葉を区切り、数拍の間を置いた。そのあと、真理の姉が彼女の夢の中で、叫んだであろう言葉を口にする。

――しんちゃん、前に、気をつけて

たしかに不明瞭《めいりょう》な聞き取りしかできず『しんちゃん』と『前』しか印象に残っていない上に、姉を死なせたのは自分だという自責の念があるなら『しんじゃえ』と聞き取れないこともない。

「そんなのこじつけですよ」

「でも、たしかだ。そのおかげで、僕は君を助けることができたし、ぼく自身も命を拾った。もし、君のお姉さんの警告がなければ、今頃、そこの車の下でぺしゃんこになってたよ。車が迫ってくる方向が予測できたから、今回は奇跡的に回避できたんだ」

「でも……私……信じられません」

不服そうに真理が言った。そんな真理に、名月は駄目押しとばかりに、ある本を手渡した。真理がもっていた『花言葉』だ。

「これって……」

「君がはじめて春寿堂に来たとき、『柊』のお菓子を買っただろ。実はあれ、君のお姉さんが君に選ばせたんだ。何か意味があるとは思ったけど、その本を見てよくわかった。その本にある柊のページを見てみてくれないかな」

真理は促されるまま、ページを開いた。すぐに彼女の手が震えはじめる。嗚咽《おえつ》し、息を吸い、また嗚咽する。ゆっくりとページに書かれた文字を読み始めた。

「クリスマスに飾られる緑の葉と赤い実の柊。キリストのいばらの冠は柊の枝でつくった伝説があるように、聖なる力があるとされ悪霊から身を守るために飾られる。日本でも昔から魔除《まよ》けに使われてきた不思議な花……花言葉は」

――先見、用心

最後の方はほとんど言葉になっていなかったが、真理はたしかにそういった。瞳《ひとみ》から大粒の涙を流し、泣き声を押し殺している。

「君のお姉さんは亡くなっても君の人生の先を見て、心配して、用心してたんだ。そんなお姉さんが、君に死んじゃえなんて、言うわけないさ」名月は真剣な面持ちで、言ったあと、相好を崩した。「まあ、僕の言うことなんて信じられないなら、しょうが……」

「しんじて……いいですか？」

「え？」

「名月さんの、その、は、話、信じていいですか？」途切れとぎれに、言葉を紡ぐ。「名月さんの体質と、なにより、わた、私のお姉ちゃんのことを信じてもいいですか。もう、悪夢を見なくてもいいですか？　私は許して貰《もら》えますか？」

質問、というよりは、懺悔《ざんげ》に近い。僕は牧師ではないので、他人を許す権利などない、と言いたくなるが、あえてその言葉を飲み込み、微笑を浮かべ、別の台詞《せりふ》を口にする。

「うん。僕の言っていることは信じていいよ。僕が約束する。僕は師匠と違って、嘘もつかないし、真実も隠さない。許す許さないは、君次第だよ」

真理の子供のような泣き声が、高野山の夜に響いた。

7

「今回は死ぬかと思った。というか今でも生きてるのが信じられない」

あの事件から三日後、名月が発した台詞だ。あのあと、名月は真理を連れて現場を離れた。

事故現場から逃げ出したある種の罪悪感はあるものの、これ以上、余計な負担を抱えたくないという気持ちが勝ってしまった。

もしかして、警察に事情聴取されるのでは、と名月は肝を冷やしたものだ。

しかし、名月の懸念に反して、警察が名月のもとに訪れることはなかった。

「おそらく妖書のせいだろうな」玉藻が生菓子をつくりながら言った。「妖書が起こす事象はすべて怪奇現象の類《たぐい》だからな。おそらく普通の人間には理解できないのだろう。おそらく、ただ、車の残骸《ざんがい》がその場に発生した、程度の認識だな」

「オカルト様様ですね」名月も大福の生地を練りながら応じる。

「あの本は名月。お主が持っておけ」

「え。やだよ。あんな物騒な本」

「そういうな。意外と役立つかもしれんぞ」

「でも」と名月ははぐらかす。「今回はすべてが悪転して、すべてがぎりぎりのタイミングでなんとかなったんだ。本気で笑えない」

「名月。あずきに感謝する?」

あずきが作業台の陰からひょこりと顔を出した。てこてこと歩き、近づいてくる。

「まあ、今回はあずきがくれた南天の葉がなければどうしようもなかったわけだし。というか、あずきってああいう力があったんだね。感謝よりも驚愕《きょうがく》の感情が強い」

「感謝する？」あずきはもう一度同じ言葉を吐いた。「あずき知らないけど」

「感謝してるよ。あと、あずきの非常識な勘違いにも」

名月はおざなりに答え、無造作にあずきの頭をなでてやる。すると、あずきは気持ちよさそうに、生気のない目を細めた。

「だから言ったろ」玉藻が得意げに鼻を上に向けた。「南天は『難を転じて吉となす』とな。この世に無駄な縁など存在しないのだ」

「今日も忙しそうですね」名月は再度はぐらかした。

名月は本日つくる菓子について考える。朝生菓子に焼き菓子、最中に餡《あん》をつめなくてはいけないし、その餡も炊かなくてはいけない。それを接客の合間にするのだから、なかなか厄介だ。厄介だが。まあ、なんとかなるか。

「その件だがな名月よ」

玉藻がそう言った時だった。店の裏口から「ごめんください」という言葉が聞こえてくる。まだ開店時間には早い。急用のお客だろうか。

「来たか。名月、出てきてくれ」

「了解」

返事をし、工場から店の裏手に回った。すりガラスの扉越しに、女性のシルエットが見えた。なんの気なしに扉をあけた名月は、度肝を抜かれた。

目の前には、真理の姿があった。

「君は……」

「こんにちは、あ、いや。おはようございますですね。名月さん」

「え、ああ、おはよう。で、そのどういう用事かな。まだお菓子はできてないんだけど」

「大丈夫ですよ」と真理ははつらつと答える。「これからは私も手伝いますから」

「それって、どういう……」

「私がバイトの募集を出したのだ」

背後から声が聞こえ、名月は振り返った。玉藻が楽しげに笑みを浮かべている。

「どういうことです」

「そのままの意味ですよ。大学の生協の掲示板にこのお店のバイト募集があったの。だから迷わず応募しちゃった。司書見習いも掛け持ちですから、毎日というわけにはいきませんけど」

「だから言ったろ？」

「難を転じて吉となす？」

名月は玉藻に先回りするように言う。

「そういうことだ。娘の面倒を頼むぞ。名月」

「よろしくお願いします」

真理がぺこりと頭を下げた。名月はしどろもどろになりながら「えと。まあ、よろしく」

とだけ述べ混乱しながら頭を下げた。

いったいこれからどうなるのだ。思いながら真理の傍らを見やる。

由理の霊が楽しそうにニコニコと笑っていた。

まあ、なるようになるか、と名月は諦《あきら》める。

三話　さお秤と三《さん》姉《きょう》弟《だい》

1

「ねえ。遊ぼうよ」

「なんでこいつと遊ばなきゃなんねえんだよ」

「……そうですか。そうですね」

そんな声が聞こえ、秋夜《しゅうや》名月《なつき》は目を覚ます。壁にある時計を目だけで追うと、時刻は夜中の二時過ぎだった。

いつもの時間だ、と名月はげんなりしながら、再び目を閉じた。起きていると奴らに気づかれてはならないので、身じろぎ一つできない。

ここ最近のことだ。名月の部屋に毎日、奇妙なお客がくるという現象が続いていた。それも夜中の二時過ぎに、だ。お客は三人の子供だった。緑がかった髪と瞳《ひとみ》に人なつっこい顔の少年に、やけに口の悪い、感情の起伏が激しい長い金髪の少女。そして、無表情で感情がまったく見えない青い髪が特徴的な性別不明の中性的な子供だ。

もちろん、僕のもとに現れる存在である以上、生きている人間であるはずがない。そもそも、こんな真夜中に他人の家に不法侵入する子供がいるとすれば、そちらの方が余計に厄介だ。

この三人は、幽霊だ。

どういった事情で、子供の幽霊三人組が、僕のもとへ現れるのだ。と名月は恐怖を通り越し、愉快な気分になる。前回の真理《まり》の姉の霊——由理《ゆり》——の件といい、最近は随分と幽霊に縁があるようだ。すでに幽霊妖怪《ようかい》の類はお腹いっぱいなのに、なぜこれ以上、不本意で非生産的な物の怪《け》バイキングに、強制参加させられねばならぬのか。

もっとも、名月の働いている和菓子屋『春寿堂《しゅんじゅどう》』の経営者本人が妖怪というよりも、妖怪よりも位が上の神と呼ばれる存在なのだから、すでに一口目から食傷気味なのだが。

目には見えない大いなる悪意の悪戯《いたずら》に導かれ、この春寿堂で働くことになった。もともと、幽霊や妖怪、ひいては人間とできる限りつきあいたくないから、この『和菓子製造販売』という職業を選んだのに、ここで働き始めてから加速度的に幽霊や妖怪、ひいては厄介な人間たちと、望みもしない縁を結びまくる結果となっている。

そしてその縁の魔の手が、とうとう、自分の睡眠時間まで削ろうとしているのだ。納得が行くはずもない。

「ねえってば」緑髪の少年が体を揺すってくる。「遊ぼうよ。名月お兄ちゃん。ああ。きっと仕事で疲れてるのかな。お兄ちゃん今日、三十分で五百個ぐらい餡を切ったものね。お兄ちゃんは働きものだなあ。今日は諦めて、帰ろうか?」

「ばーか」金髪の少女が、緑髪の少年に乱暴な言葉を浴びせる。「こんだけでかい声を出していて、起きていないわけないっしょ。あれだよ、こいつ狸寝入《たぬきねい》りしてるんだよ。待ってろ、今すぐ嘘を暴いてあげるから」

「……そうですか。そうですね」青髪の子供はやはり淡々としている。

緑に揺すられ、金に蹴《け》られ、青に傍観されながら、名月は必死に眠ったふりを続けた。

2

「どうした。最近やけに疲れているではないか」

銀色の長髪が特徴的な怪人に尋ねられ、名月はそちらを見やった。そこには、自分の雇い主である玉藻《たまも》が佇《たたず》んでいる。切れ長な目でこちらを見据え、微笑んでいるようにも、呆《あき》れているようにも見える。彼こそが、狐の神、玉藻だ。

神なる存在が、和歌山《わかやま》県にある高野山《こうやさん》で和菓子屋を、人間、時々、妖怪を相手に営んでいる段階で、常軌を逸しているというか、末期的としか言いようがないのだが、その末期的状況のど真ん中に自分がいるのだから、いかんともやるせない。

「なにか悩みがあるのであれば、私が相談に乗ってやろう」

「僕の悩みの一大発生源である師匠に話しても仕方がないと思いますが」

「何、馬鹿なことをいっている」玉藻が鼻で笑う。

馬鹿は貴様だ、と罵倒《ばとう》したい衝動を堪《こら》えながら、名月は諦めたように「実はですね」という言葉を出だしに使い、最近夜中に現れる珍客について説明した。

「夜中に子供の幽霊が、なあ」玉藻は生菓子を作る手を止めて、あごに手をやった。「年齢はどのくらいだ？」

「あずきぐらいじゃないですかね」

僕は和菓子を作る工場で、できあがった商品をつまみ食いする罪深き少女を指さした。

黒いおかっぱ頭で、大人用の作務衣《さむえ》の上だけをワンピースのように着ている少女だ。あずきという名で、玉藻によってつくられた式神だ。主人である玉藻の命令はいっさい聞かず、ともすれば、得意のつまみ食いで店舗の経営に打撃を与えることもある、非生産者の申し子だ。

「あずき、何を食べているのだ」

「主様がつくった生菓子だよ、煉《ね》りきりでつくった鶴の『一声《ひとこえ》』。もう年末で、世間も年越しムードだからね。今日からお正月用の生菓子に替わるから、味見をしてあげてるの」

「ふざけるなよ」玉藻が色めきだった。「いいか。味見っていうのは、沢山ある菓子の一つを吟味するってことだ。すべてを食い尽くしたら、お前、それは蹂躙《じゅうりん》とか駆逐とか、そういう意味になるぞ」

玉藻の言葉をあずきは涼しい顔で受け流す。「それよりも主様。名月の部屋に現れる幽霊の話だよ。あずきから発生する不利益はいつも通りだけど、このまま名月の部屋に現れる幽霊のせいで、名月が倒れたら、重要な戦力を失うよ」

「ちっ」玉藻が忌々しげに舌打ちをした。「で、名月よ。その子供たちに見覚えは？」

「あるわけありませんよ。でもなぜか向こうは僕の名前を知ってましたね」

「つまり、向こうは名月のことを知っていて、名月には向こうに対する心当たりはないということだな……」

玉藻は嫌な間をあけた。またどうせいつもの言葉がくるぞ、と身構える。玉藻と出会ってから、何度か経験したパターンだ。

名月の案に相違せず。玉藻の口からは「また、不可思議な縁を紡いだな。いったいどこから紡いでくるのか」という言葉が飛び出す。

「はあ。また縁ですか。師匠はなんだってすべてを縁で片付けたがるんです」

「片づけるのではなく、回収しているのだ。お主の紡いだ縁をな。しかし、まあ、なるほど。だとすれば……」

玉藻は意味深に腕を組んで見せた。口元は愉快げに上がっている。

「あ、まただ」玉藻の反応に、名月は揶揄《やゆ》するような口調になる。

「また、とはどういうことだ？」

「また、今回も情報の出し惜しみをしているだろ。師匠はいつもそうだ。僕が迷路に迷いこんで、右往左往しているところを、迷路の全容が見下ろせる場所から愉快げに眺めて、楽しんでる。いつものパターンじゃないか」

「濡《ぬ》れ衣《ぎぬ》だな」玉藻は平然と言ってのける。「私は常にお主のことを思って行動しているのだ。打てば響くように導いているのだ」

「打てば響く？」名月は眉《まゆ》をひそめる。「打って、叩《たた》いて、壊してるだけじゃないか」

「ともあれ、もうすぐ開店時間だ。それまでにあずきが食べた生菓子を作り直すから、名月は餡《あん》を切ってくれ。秤はその台においてあるのを使ってくれていい」

玉藻は名月の抗弁を華麗に無視して、作業台の上にある秤を指さした。

「はあ。分かりましたよ」

名月は諦《あきら》めるように、息をつく。言われるがまま、餡を切ろうと秤を調整した。たしか生菓子に使う餡は二十グラムだったはずだ。和菓子作りで使う秤は、上皿さお秤という秤で、片方の端に計量するものを載せる皿が置いてあり、その皿からもう片方の端に向かって鉄の棒が伸びている。その棒の先端には錘《おもり》を載せる円盤状の器具が取り付けられている。五十グラムまでなら、円盤に何も載せなくても、鉄の竿《さお》についている錘を、左右に移動させずにはかることができる。

名月はいつも通り、二十グラムの位置に、錘を移動させようとするが、この数日の幽霊騒動による寝不足のせいで目がかすみ、うまくいかない。

「早く、あの幽霊の正体を教えて下さいよ。じゃないと、本当に僕、自主戦力外通告を出しますよ」

名月のぼやきに、玉藻は「それだけ減らず口がたたけるなら、まだ大丈夫だな」と言ってのけた。

3

「……起きて……」

まどろむ名月の耳に、そんな声が届く。

またか、と名月はげんなりして、強く瞳を閉じた。毎日毎日嫌になる、と心の中で毒づいた。

「……起きてください……」

薄目を開けると、見覚えのある少女の霊がこちらを見下ろしていた。

連日連夜、欠かすことなく人の睡眠を妨げる子供の幽霊たちに対して、怒りや恨みよりは、その実直さに心を打たれる思いだ。

今日に至っては、これで二回だ。そう考え、いつもと様子が違うことに気づく。

二回？　そうだ。数時間前に幽霊たちは僕のもとに現れて、いつものように帰っていったはずだ。それに今、名月の前にいる霊は、いつも現れる霊とは違う。それにこの声、子供のものにしては落ち着きがある上に、聞き覚えのある声だ。

嫌な予感が頭をよぎる。

「起きて下さい。名月さん」

その声に反応するように、名月は被《かぶ》っていた布団をはね飛ばした。視界が開け、冬の乾いた陽光が体を包む。

「わっ」

と小さな悲鳴を上げて、のけぞる影が目に入りそちらを見やった。ミディアムショートヘアの利発そうな女性が、驚いた顔でこちらを見ている。

真理という名の女性で、先日、ひょんな事件を解決したのをきっかけに、春寿堂で働くことになった高野山大学に通う学生だ。傍らには、真理が幼少の頃死別した姉、由理の霊が、にこにこと笑いながらこちらを見ている。

「君は……」

「えと」真理は居住まいを正すと、小さな頭を下げた。「今日から本格的に、バイトとしてこのお店で働くことになりました。栗原《くりはら》真理です。これからよろしくお願いします」

「ああ。よろしく。それでなんで真理さんがこの部屋に」

「あ、あの。すいません無断でお邪魔しちゃって」真理は慌てながら、謝罪した。「玉藻さんに、名月さんを起こしに行くように言われまして……」

血の気が引いてくるのが自分でも分かった。理由もなしに、年頃の女性が、年頃の男の部屋に入ってくるはずがない。

「今何時！」

「ええ、と。だいたい朝の七時半です」

「おい。嘘だろ！　完全に遅刻じゃないかっ」

名月は風船が破裂するような声を上げると、慌てて寝間着代わりに使っている浴衣《ゆかた》を脱ぎ捨て、壁にかけてある作業用の作務衣を手に取った。

真理の「わっ！　ちょっ……」という悲鳴が名月の部屋の空気を、遠慮気味に、けれども確実に震わせるが、慌てている名月の耳には入ってこない。

「あ、あの。気にしないで下さい。私、何も見てませんから」

慰めるような真理の台詞《せりふ》に、名月の胸はえぐられる気分だった。春寿堂で働くようになって、初めての遅刻をした、というだけでも、十分にばつが悪いのに、そこにほとんど交流のない女性の目の前で、着替えを行う、という一歩間違えれば警察に捕まるような変態的挙動までしてしまった。

もはや、慌てる気にもなれない。

項垂《うなだ》れながら工場へ行くと、玉藻が楽しげな表情を浮かべ、「まあ、あれだな。気にするな」と大らかな口調で言ってくる。

「それはどういう意味ですか。師匠」

「多種多様かつ多目的な意味で、だな」

「多目的とはどういう意味だ」

「私が寛容で寛大な神でよかったな。私は、弟子の遅刻で目くじらをたて怒ることもなければ、新しいバイトの前で卑猥《ひわい》な行為を繰り広げたことに対して、指導することもない」

「ぐ」と名月は言葉に詰まる。「人の出来たばかりの傷口に、さっそく塩を塗りやがって」

「あ、あの。私、本当に何も見てないですから。大丈夫です大丈夫」

「ふふん。栗原真理よ。大丈夫という言葉は、名月のような人間には一番、応《こた》える言葉なのだ」

「え。そうなんですか？」と真理はしどろもどろになる。「ご、ごめんなさい」

「いや。いいぞ。もっと言ってやれ」

「この糞神《くそがみ》めっ」

ぱんっと大きく手を叩いたのは玉藻だ。それまでのやりとりを全てなかったことにするように「さて、遅刻の罰はこれぐらいにして」と言葉を発して真理を見た。「栗原真理よ」

「は、はい」

「とりあえず今日は一日、この店を見学していくといい。一日見ていれば仕事の雰囲気も分かるだろう。して。名月よ」

「はい」

「遅刻した分は、労働で返してもらうぞ」

「了解です。師匠」

名月は両手を挙げ、降参のポーズをつくった。


「で、昨日も出たのか？」

仕事中に玉藻が訊《たず》ねてくる。二度あることは三度ある。三度あるならば四度も五度もあるに決まっている、と名月は毒づきたくなるのを堪《こら》え、首だけで肯定した。名月と玉藻のやりとりを真理と真理の姉が、興味深そうに見学している。

「本気で嫌がらせに思えてきた」

「そう言うな。その子供たちも悪気がないのかもしれん。生まれたばかりの子供は、純粋だからな。本当に名月と遊びたいだけかもしれん」

「いいか。遊ぶのと弄《もてあそ》ぶのとは同じ意味ではない」

名月の指摘に、玉藻はからからと笑った。笑顔を保ったまま「ほれほれ、早く餡を切らないと、私に追いつかれるぞ」

舌打ちを呑《の》み込み、名月は餡《あん》を切る作業に戻る。つい最近からだが、とうとう生菓子の製造に関わることになった。玉藻曰《いわ》く「普通、修業一年目の人間が生菓子の製造に関わることなんてないのだからな。寛大で寛容な私に感謝するんだ」とのことだ。色々な仕事に関わらせてもらえるのは、単調な日々に少しは変化をもたらしてくれるものだから、嬉《うれ》しくないわけではないが、それはつまり、作業量が増えるという意味なので、複雑な心境ではある。

ともあれ、名月が生菓子の餡と生地を切り、玉藻がそれを包餡し成形する。先日、あずきがつまみ食い、というか、わしづかみ食いとでもいうのか、勝手に食べていた『一声《ひとこえ》』をつくる作業だ。

さすがに菓子屋の主人をしているだけあって、玉藻の手際の良さは半端ではなかった。手間のかかる作業をしているはずなのに、少しでも油断していると、生地と餡を切っているだけの自分に追いついてくる。

名月は慌てて餡を切る作業へ戻った。左手で餡を絞り、右手で絞りだした餡を切る。そして秤《はかり》の上にのせる。

「あれ」

名月は訝《いぶか》しむ。今切った餡は二十グラムの大きさを狙った。誤差は上下一グラムもないはずだ。なのに、秤が反応を示さない。大きければ秤の先端の円盤が上に上がり、小さければ少し動いたあと下がるはずだが、秤はまったく動く気配を見せない。

「またか」玉藻が呆《あき》れ口調でつぶやいた。「その秤はそういうことが多いな」

「まあ。仕方ありませんよ」

名月は言いながら、秤の皿を軽く叩く。すると円盤がゆっくりと動いて、真ん中で止まった。やはり僕がきった餡はぴったりだった、と安堵《あんど》すると同時に、秤ならきっちり重さを量ってくれよ、という考えが頭をよぎった。

「その秤はどうにもいかんな。気分屋というか、ひねくれているというか」

「うちの秤は、個性がありますね。こいつみたいに、量れたり、量れなかったり、こっちが嫌になるぐらい正確無比だったり、かと思えば、ある程度間違った重さでも真ん中にくる褒め上手な秤があったり」

「最後のは褒め上手とは言わないと思うがな」

珍しく玉藻がつっこんでくる。名月はそれを儀礼的な笑顔で受け流した。予定数にあった餡と生地を切り終え、秤を布巾《ふきん》で拭《ふ》いた。几帳面《きちょうめん》な性格なのか、汚れていない場所まで拭いてしまう。綺麗《きれい》にした秤を棚に戻し、名月は開店する準備にとりかかる。

「店を開ける前に、近所の寺に茶菓子を配達してきてくれ」

「わかりました」

「栗原真理も一緒に行くといい。今後は配達も手伝ってもらいたいしな」

「はい。わかりました」

4

「さっき喋《しゃべ》っていた子供の幽霊たちって、どういうお話だったんですか」

真理が、興味を隠さない明るい口調で訊ねてきた。

玉藻の指示通りに近所の寺院へお茶菓子の配達をし終えた帰り道でのことだ。そういえば、この子は以前の事件を通じて、幽霊や妖怪《ようかい》に理解があったな、と思い出し、現在自分が置かれているのっぴきならない事態を説明した。

「へえ。そんなことがあったんですか」

「そうなんだ。そのせいで最近確保できる睡眠時間が著しく減少してる。はっきり言って死にそうだ」

「名月さんって大変ですね。なまじ幽霊や妖怪が見えちゃうばかりに」

「僕の体質のことは他言しないでくれよ。前に一度、その情報が漏れて大変なことになったんだ」

「大変なこと？」

「僕に興味を持った疫病神《やくびょうがみ》の女の子が店にやってきて、最終的にはビルの二階の床が抜けて一階まで落下した……」

惨憺《さんたん》たる過去を思い出し、名月はどんよりとした顔をつくった。

「あはは……」と真理は空笑う。「でも、そんな名月さんのおかげで私は救われたんですから。名月さんには感謝です」

「そう思ってくれるだけで救われるよ。ああ、お礼はいいよ」

と名月は真理の傍らに向かって手を振った。

「？　どうしたんです」

「君の隣にいるお姉さんが、頭を下げてきたから」

「まだ姉さんは私の隣にいるんですか」

「まだ、ていうよりも、ずっと、じゃないかな。君のことを守ってる感じがする」

「そうか。そうなんだあ」真理は相好を崩し、白い歯を見せた。「それにしても変ですね」

と口元に手を当てて、考え込む。

「変って？」

「いやですね。今の姉の話を聞いて、私の時と様子がちょっと違うなって。名月さん。幽霊ってそんなに感情的な存在なんですか？」

「まあ、場合によりけりだよ」名月は今まで出会ってきた幽霊なる存在について考えながら応じた。「例えば恨みが強い幽霊とかは、もっと感情的で、意思の疎通が難しいっていうのもあるし、君のお姉さんの時みたいに、伝えたいことがあっても上手く自分の気持ちを伝えられないっていうパターンもある」

「それなんですよね」真理は人差し指をたてた。「姉さんの時もそうなんですけど、名月さんをもってしても、幽霊の意思を汲《く》み取るのは難しいわけじゃないですか。でも今回は名月さんがその気になれば意思の疎通がばっちりできちゃいません？　これって普通なんですか？」

「……言われてみれば」

虚を衝《つ》くような真理の言葉に名月は思わず立ち止まった。冷え切った地面の冷たさが足の裏に伝わってくる。

たしかに真理の言うとおりかもしれない。今まで沢山の幽霊や妖怪と出会ってきた。気持ちの上では幽霊も妖怪も、自分の前にそびえ立つ巨大な壁に違いないが、一般人からすれば、幽霊と妖怪は似て非なるものなのだ。

「……たしかに、今まで出会ってきた幽霊は、あそこまで明確に意思を持っていなかったような」

名月の思考を中断させたのは、真理の姉の霊、由理の行動だった。由理が、おもむろにある一点を指さした。すると、真理は姉に導かれるように、姉の指さした一点に視線をやった。

指さした先は石柵《いしざく》の向こう側にある杉林だった。鬱蒼《うっそう》と茂る杉の木立の間を指し示している。

「あれっ？　あっちになにかあるような気がします」

名月の制止も聞かずに、真理は石柵を越え、林の中をずんずんと進んでいく。慌てて、真理のあとに続きながら「まったく、君のお姉さんは時々、君を勝手に導くんだから」と苦情を独りごちる。

「ちょっとっ」

しばらく進むと、開けた空間に出た。その空間の中央には、卒塔婆《そとば》とでもいうのだろうか、石でできた人間の腰ほどの高さの柱があった。

そして、その卒塔婆の前には一人の僧侶《そうりょ》が立っていた。身長は百六十センチを少し超えたぐいだろうか。後ろ姿なので、顔までは分からないが、茶色い髪の毛は、あちこちへ跳ねている。

「あの人、何をしてるんでしょうか？」

「さあ」と名月は肩をすくめ「関わらない方がいい」と断じた。「どうせ、ろくなことにはならないよ」

これだけは絶対の自信があった。これだけ幾度となく、玉藻のいうところの縁を不本意ながら結びまくってきたのだ。幼稚園中退の不良だってそれぐらい学ぶはずだ。

名月が、真理の手を引いて、その場をあとにしようとした時だった。突然、僧侶がその場にくずおれた。それを見た真理は「大丈夫ですか」と慌てた様子で、僧侶に駆け寄った。

「あぁっくそ。やっぱりこうなるのか」

名月は半ば諦《あきら》めるように、僧侶のもとへ近づく。真理に抱きかかえられた僧侶の顔を見て、動揺する。

子ども？

どうみても、名月よりも年下で、あどけなさの残る顔は、青年というよりは少年に近い印象をうける。こんな年で僧侶の格好？

「あの。君、大丈夫？」

真理が訊《たず》ねると、少年僧はゆっくりと瞳《ひとみ》をあけ、「ふ」と小さく笑った。「天使が見えるぜ」

臭すぎるその台詞《せりふ》に、名月と真理は顔を見合わせ、心の中で言葉を唱和させた。

──気色わるっ！

名月たちの心中をまったく察していない少年僧は、「こんな綺麗な人の胸の中で死ねるなら本望だぜ」と理解不能な言葉を口にすると、「む、無念」とこれまた自己矛盾を全面的に押し出す言葉を発して、全身の力をぬいた。

「「…………」」

痛々しい沈黙が、辺りを覆い尽くす。この場にいる誰もが、このあとどうすればいいのか、という疑問を抱え込み、さらにそれを口にだせない、奇妙な拘束感があった。

勇気を振り絞って、この場の空気に一石を投じたのは名月だった。

「ええと。栗原さん」と薄い氷の上を歩くような慎重さで口を動かす。「提案なんだけど」

「はい」

「今日、僕たちは、この場所には来なかったことにしない？　何も見てないし、誰も見てない。配達に行ったあとまっすぐに店に帰った。それでいいかな」

「え、ええ。異論はないんですけど。でもこの子を残して行くのは、ちょっとした良心の呵責《かしやく》が」


「大丈夫。篤胤《あつたね》のお母さんも言ってたよ。『そういうのは時間が解決してくれる』って」

名月と真理は少年僧を横たえると、元来た道を辿《たど》るように歩きはじめる。すぐに背後から、落ち葉がこすれ合う音が聞こえ、名月は嫌な予感を覚えた。予感が現実になるまえに、あらかじめ額に手をあて、絶望してみる。

「おいおいおいおい！　嘘だろ！　兄さんたちの人情は紙風船か何かか？　どうしたら、こんないたいけな少年を放置して、現実に目をつむれるんだ！」

はきはきとした威勢のいい声に、名月は胃が痛むのを感じながら振り向いた。

そこには、頬を膨らませてぷりぷりと怒っている少年僧の姿があった。明らかに元気で、どこにもいたいけな要素などない。

「元気そうで良かったよ」名月はおざなりに言ってみる。「じゃあ、元気で」とあくまでも、この場を去る姿勢だけは崩さない。

「待て待て待て！　短気は損気だぜ」そう言って、少年僧は名月たちの行く手を遮った。

「せっかく出会えた俺たちの運命を、そんなに簡単に切って捨てちゃうのか！　それはよくねえだろ。出会ったらまずは自己紹介。これぞ、ご近所付き合いを円滑にする潤滑油だぜ」

名月は、このまま頭がはじけ飛ぶのではないだろうか、と心配になるほどの頭痛を覚えた。それを懸命に耐える。

どうやらこの少年僧は、僕がもっとも苦手としているタイプの人間らしい。

どうすればこの場を切り抜けられる、と自問する。とにかく、この訳の分からぬ少年僧の自尊心を潤して、上品で婉曲《えんきょく》に、けれど断固として拒絶の意思を示すしかない。

「ええと。じゃあ、君の名前は？」

名月の質問に、少年僧は顔を輝かせ、「そうじゃなくちゃな。自己紹介こそ人類最高の発明だ！」と嬉々《きき》として自己紹介をはじめた。「俺の名前は犬飼一《いぬかいはじめ》だ。みんなの心を摑《つか》んで放さない、全ての存在を救済するお仏教界のアイドルだ！　よろしくな。兄さん」

「摑んで放さない……か。お前、キャッチアンドリリースって言葉知ってるか？」

「摑んだファンは決して放さないのが、アイドルの鉄則だぜ？」

「あはは……」真理が空笑う。「ユニークな子ですね」

「それで、兄さんたちの名前はなんだ？　サラリーマンの名刺交換ばりの丁寧さで俺に教えてくれ」

「……秋夜名月」

「……栗原真理、だよ」

「なーる」と犬飼一は頷《うなず》く。「俺ほどでないにしても、中々の名前じゃないか。親御さんのセンスが光ってる」

「ねえ。栗原さん」名月は小声で真理に声をかける。「なにか重くて固いもの持ってないかな。僕、初めて人間に対して殺意を抱いてさ」

「ごめんなさい。持ってません。それに名月さんを殺人犯にするわけには」

「そうか、そうか」と犬飼一は納得するように顎《あご》を引いた。「俺がなんで、こんな場所にいるのか知りたいのか。もうっ。おまえ達ってば、アイドル泣かせだなあ。やっぱり一流のアイドルにはプライベートはないらしい。でも教えちゃおう。なぜ俺がこんなところにいたのかを」

犬飼一は、一人で勝手に盛り上がった。この少年僧がエキサイトするほど、名月たちのテンションが反比例するように下がっていく。

「人を呪わば穴二つっていうだろ？　翻れば、人を助ければ、自分も幸せになれるってわけだ。だから俺は人を助けるために僧侶になったんだ。生老病死、愛別離苦、世の中は苦しいことだらけだ。だからこそ」そこまで言って犬飼一は胸を張った。「だからこそ、俺が世の中の人々を幸せにしたいんだよ」

「で、その心は？」律儀に合いの手をいれる自分に、名月は苦笑した。

「人を救えば人に感謝される。人に感謝されれば俺の人気が高まる。つまり、人を助ければ助けるほど、俺はお仏教界のアイドルに近づくって寸法だ。どうだ！　この俺の完璧《かんぺき》な相互扶助関係！　幸せいっぱい、俺いっぱい！」

「ここまで開き直ってお坊さんになる人も珍しいですよねえ」

「つうか」とここで名月は犬飼一に問いかける。「それって僧侶としては、あまりに煩悩まみれじゃないか？」

名月の言葉を聞き、犬飼一は呆《あき》れたように名月の前に手を出した。まるで名月の言葉が愚者の戯れとでも言いたげな動作に、さらに殺意を増幅させる。

「いいか。僧侶だとか、聖人君子だとか、弥勒菩薩《みろくぼさつ》だとか、まあ、色々と言い方はあるがな。しょせんはもとは人間なんだ。煩悩から解き放たれたいと思った人間だぜ。俺たちとなんら違いはねえよ。だいたい仏教の根本にある仏陀《ぶっだ》だって、色々事情がある奴だったんだ」

「まるで、仏陀と友達だったみたいな言いぐさだな」

「おうよ。昨日会った！」犬飼一は親指を立てる。

「……嘘ついてんじゃねえよ……」

「夢の中でだけどな！」

「夢かよ」

「とにかくな、あの仏陀だって、出家もどきをするまでは若い身空で、嫁さん貰《もら》うわ、子どもは産ませるわ。あげく嫁さんと子どもと国を捨てて、好き勝手に出て行くわ。苦行の末に乳がゆ飲むわ。色々やってんだよ。あのキリストだってな……」

「キリストと友達みたいな言い方やめろよ」

「いや、あいつのことは知らねえな」

「……知らないのかよ」名月はこめかみに筋が浮かび上がる感覚を覚える。「それ以上は色々やばい。多種多様な意味で。で、結局、お前は何がしたいんだ？」

「よく聞いてくれたな。俺がやりたいのは、さっきも言ったとおり、世の人々の救済だ。今、俺はこの高野山を救おうとしてるんだ。さすれば、カップラーメンが出来上がるよりも早く、俺は高野山のアイドルだぜ。これを見ろよ」

犬飼一は、着物のたもとから、おちょこのようなものを取り出した。ひどく錆《さ》びていて、あまり触りたくない代物だ。

「その見窄《みすぼ》らしいのは？」

「これはな」と犬飼一は得意げに語る。「この高野山の人々を救う秘宝だぜ。俺と志を同じくする兄貴から貰ったんだ」

「お前に兄貴がいるのか？」

「いねえよ？」

「どっちだよ……」名月は心中で、ぶっ飛ばすぞ、と付け加えた。

「兄貴っていうのは、この間出会ったばかりの心の友、まあ、他人のことだ。兄貴にこの秘宝を貰ったんだよ。これにいれた水は全て魂を持った聖水になるんだ。これを高野山にあるすべての卒塔婆にかければ、高野山全部の人たちが幸せになる結界が完成するんだ。まあ、実は、かなり体力を消費するんだけどな」

「よくもまあ」と名月は感心する。「そんなよく分からない男に貰ったものを素直に信用したものだ」

「人を信用しないと、人を幸せにすることなんてできないぜ」とここで、犬飼一は神妙な面持ちになる。「恥を忍んで、兄さんたちに頼みたいことがあるんだが」

「すでにお前は忍べないほど恥だらけだけど……」その言葉と同時に名月は警戒する。

「あんまり聞きたくはないな」

「ふ」と犬飼一がきざに笑う。「アイドルの前だからって、そう緊張しなくてもいいぜ。俺は全面オープンな僧侶《そうりょ》らしい真っ白な、アイドルを目指してるからな」

「いいかげんに……」

名月が、激怒しそうになるのを阻止するように、犬飼一は大きく胸を張る。すると、地の底から響くような重低音が、林の中に木霊《こだま》した。なぜか、犬飼一は胸を張り、「こういうことなんだ」と要領を得ないことを言ってくる。

「どういうことだよ?」

「ふ」と犬飼一は鼻を鳴らした。と同時に腹も鳴らす。「つまり、この俺はお腹が減りすぎて、まいっちんぐ、みたいな? みんなの救済に頑張りすぎて、自分の救済をおろそかにしてしまったんだ。因果応報っていうだろ? 俺は人々のためにがんばってきたんだから、たまには人から助けて貰ってもいいと思うのですよ。なので助けてください。お願いします。お腹が減って死にそうなんです」

土下座の予備動作を行う犬飼一に、名月は大きくため息をつき、「勘弁してくれ」と言葉を漏らす。

「す、すごい無茶苦茶な人ですね。ちょっと怖いかも」

「いいかい。栗原さん」名月は改まった口調で「こういう輩《やから》と関わり合いになってはいけない、とくに君は女性だからね。とりあえず、今後こういうことが起こった時のために対処方法を教えておくね」と諭すように言った。

名月は満を持した、とてもいいそうな勇ましい表情をつくると、ポケットから財布を取り出し、千円札を一枚取り出した。

「これで好きなもんを買って、あとは息でも吸ってろ」

「おおっ。なんて良い奴なんだ。こんな慈悲深い人間見たことがないぜ。兄さん……いや、相棒よ。俺はあんたについていく」

涙ながらに言葉を発する犬飼一を尻目《しりめ》に、名月は真理の手を引くと早足で歩きだした。

「これが厄介な人への対処法ですか」

「ああ。人間にはお金っていう交渉材料があるだけ、まだマシだ。幽霊や妖怪《ようかい》にはお金が通用しないからね」

「あはは……」と真理は空笑う。「勉強になります」

「ちょっと待てっ！」

「おい。これ以上、僕に関わらないでくれ」

「そういうわけにはいかないぜ。なにせ相棒は命の恩人だからな」そう言って、犬飼一は袂《たもと》から一本の筒を取り出した。「これを相棒に進呈させてくれ」

渡されたのは、手のひら大のロケット花火のようなものだった。

「んだよこのゴミ」名月は辛辣《しんらつ》な言葉を口にする。

「ふ」犬飼一は鼻で笑う。「これは俺からの感謝の証《しるし》さ。もし困ったことがあれば、いつでもそれを打ち上げろ、さすれば、俺はどのようなことよりも優先して、相棒のもとへと現れる。現れてしまうのだ！　とんでもはっぷん！」

「なんだかよくわからないけど……名月さん、この子に随分と懐かれましたね」

「勘弁してくれ」

「俺は、相棒の永遠の友達だ。ずっ友だぜ」無邪気に親指を立てる犬飼一は「さらにサービスだ」と続けた。「今、相棒の問題を解決するのに大切なことは『対話』だ。俺は憎だからそれぐらい分かる」

「なんだよそれ」

名月は、憮然《ぶぜん》と言い放ち犬飼一を無視して足を進めた。背後から「いいか。対話だぞ。対話をして初めて相棒の抱える問題は解決されるのだ。意思の疎通こそがお手軽サイズの安保交渉だぞ」

今度こそ犬飼一の言葉を無視して、足を進める。

しばらく行ったところで、真理が「あの」と口を開く。顔を見ると、なぜか頬が紅《あか》く染まっていた。

「どうしたの」

「あの。名月さんって意外と大胆なんですね」

ちらちらと名月の手と繋《つな》がる自分の手を見る真理。名月は突如として降って湧いたかのような居心地の悪さを覚える。「ごめん」と真理の手を放そうとするが、なぜか真理の手から力が抜けることがなく、依然として、名月と真理の手はつながれたままだ。

「寒いですし。お店までこのままでいません？」

「は、はあ」

所在なげに空を見上げると、曇天模様が広がっていた。

「ねえ、名月お兄ちゃん。今日こそ遊ぼうよ」

「そうですか。そうですね」

緑の少年が眠っている、正確には眠っているふりをしている自分の体を揺すってくる。時計をみやると、やはり夜中の二時過ぎだ。これほど無用な律儀さもそうはあるまい、と名月は感心してしまう。

毎日、毎日、同じことの繰り返しだ。向こうは幽霊なので物理的な疲労はないのだろうが、こちらは睡眠不足による疲労が着実にたまっているのだ。

まったくもって僕の迷惑も考えて欲しいよ。名月は陰鬱《いんうつ》な気分を抱えながら、寝たふりを続けた。

「ねえ。青《あお》。名月お兄ちゃんは本当に寝てるのかな」

緑の少年が、青い子供に話しかけた。青い子供は静かに首を傾《かし》げる。「赤《あか》はそう言ってる」

「そういえば今日、赤の姿が見えないね。どこに行ったんだろう。ああ」と緑の少年は一人で納得するように頷《うなず》く。「今日、天気悪いもんね。赤ってばまたやる気なくしてるんだねきっと」

「そうですか。そうですね」

青は肯定とも否定ともつかない返答をした。

二人の会話に耳をそばだてていると、あることに気づいた。緑の少年が言っているように、金色の髪の少女が見当たらない。今までは、常に三人一緒に僕のもとへ現れていたのに。

無限ループに似た状況に、わずかばかりの違いがはじめて生じた。これはいったいどういうことなのだろうか。頭の中で様々な憶測が泥濘《でいねい》の泡のように、浮かんでは消える。その泡の中に、日中に出会った少年僧の『対話』という言葉がよぎった。

あの金髪の少女は、直情的で暴力的だ。話し合いのテーブルについてくれそうにない。だが、今の状況はどうだろうか、と名月は逡巡《しゅんじゅん》する。本来であれば、幽霊なる存在と話し合いをすること自体が、愚かな行為のはずだ。しかし、僕にこれ以外に打つ手はない。このまま、一生、狸寝入りをし続けるという選択肢もあるにはあるが、その選択は、現状から逃げているだけで、問題の解決を先送りにしているだけではないのか。

ならば、と名月は覚悟を固めつつある自分に驚く。しかし、幽霊と対話というか説得して、ご退場願うなどということが可能なのだろうか、と冷静に分析する自分もいた。

今までの経験上、幽霊や物の怪の類《たぐい》が、こちらの説得に応じたためしなどなかった。幽霊や物の怪が見える、と彼らに気づかれた時点で、事態がいいほうに転ぶ公算は低い。自分で言っていて悲しくなるが、僕の人生などそういうものだ。

でも、すでにこの子たちには僕の名前まで知られている訳だから、この子たちが僕の特殊な体質を知っているのは間違いないか。

ならばやはり選択肢はひとつか。名月は、諦観《ていかん》と達観を混ぜた息をひとつついた。もし、あの少年僧のいう『対話』が今の僕の問題を解決するなら、対話の通じそうにない、金髪の少女が不在の今がチャンスだ。

気合いを込めるために、名月は腹に力をこめた。とにもかくにも、この子たちの目的を知ることが、安保交渉への第一歩だ。

名月は思い切って上半身を起こす。と同時に「ねえ。君たち」とやや強めの語調で、子供たちに言葉を投げかける。

名月の言葉に、緑の少年は肩を大きく上下させ、こちらを見た。青い子供の方は、相変わらず無感情な反応で緑の少年の真似をするようにこちらに顔を向ける。

「わっ。びっくりしたあ」

「そうですか。そうですね」

二人の様子を観察する。二人からは、特に敵意のようなものは感じられないことに安堵《あんど》し、名月は言葉を続けようとした。

「あのさ。君たち……」

いったいどういうつもりで、毎晩、僕の元に訪れるのか、と口にしようとしたところで胸に強烈な衝撃がきた。あまりの衝撃に息がつまり、そのまま、眠っている時の体勢に戻される。

幽霊の呪いか、と身を硬くするが、どうやら、違うらしい。薄暗い部屋の天井と自分の間に、緑の少年の姿があった。名月に対して馬乗りになり、屈託のない笑顔で見下ろしてくる。ただ単純に、緑の少年に押し倒されただけのようだ。

「やっと起きてくれたね。名月お兄ちゃん」緑の少年は相好を崩す。

「あのさ。いったい君たちは何なんだ？」

名月は緑の少年をゆっくりとどかし、もう一度、上半身をあげた。緑の少年はきょとんとした表情で、名月の顔を見た。数瞬の間が空き愉快げにくつくつと笑った。

「僕たちは僕たちだよ。ね、青」

「そうですか。そうですね」

「いや、そういう哲学的な問題を尋ねているわけじゃないんだ。僕は君たちの目的が知りたいんだよ。なんで僕の部屋に毎晩来るんだ？」

「それは僕たちが名月お兄ちゃんと遊びたいからに決まってるじゃないか。お兄ちゃんは優しいからきっと僕たちと遊んでくれると思って。それにお兄ちゃんぐらいしか僕たちの姿を見ることができる人っていないし。ね、青」

「そうですか。そうですね」

少年たちの返答に、名月は額に手をやり、項垂《うなだ》れた。このパターンか、と経験則に限りなく近い記憶をさかのぼる。前に一度、僕が幽霊や物の怪《け》が見える体質である人間だ、という情報が漏れ、僕に興味をもった神が近づいてきたことがあった。

神といっても疫病神という極めて厄介な神だが。

疫病神の少女は、名月が高野山で初めて出会った梅園《うめぞの》さんという梅の木の精から、名月の情報を仕入れていた。

この子たちが、もし、誰かから僕の体質について聞かされたなら、と名月は鉛を胸からぶら下げた気分になる。なんとしても、僕の情報の拡散を防がねばならない。せめて、この子たちだけにとどめなければ、今後も、こういった望みもしない縁を結んでしまうことになる。

了見を定めた名月は、緑の少年に「ねえ」と穏やかな声を投げかけた。

「なになになに？」緑の少年が名月の膝《ひざ》の上で身を乗り出す。

「君たちは、いったい誰から僕の話を訊《き》いたの？」

「へ？」と間の抜けた声を出したのは緑の少年だ。「誰からって、僕たち名月お兄ちゃんのこと最初から知ってたよ」

「へ？」と間の抜けた声で返したのは名月だ。「馬鹿な」

「本当だよ。僕たちは最初からお兄ちゃんのこと知ってたよ。ね、青」

「そうですか。そうですね」青い子供が首肯した。

「なんで僕のこと知ってるんだ。いったいどういう……」

「さあ」緑の少年が首を傾げた。「僕たち、なんで名月お兄ちゃんのこと知ってるかよく覚えてないんだ。というか、なんにも覚えてない」

平然と明るい調子で、絶望的なことを口走る少年に名月は愕然《がくぜん》とする。覚えてない？いったいどういうことなのだ。自分の記憶ぐらい自分で管理しておけよ。

「覚えてないってどういうことかな」名月は引きつった笑顔で訊《たず》ねる。

「えっとね。僕たちは気づいたらこの店にいたんだ。普段は寝てるから姿は現さないけどね。夜になると僕たちは目覚めるみたいだね。ね、青」

「そうですか。そうですね」

「そうですねって……」名月は胃が痛むのを我慢して「何か覚えていることはないのかな」と訊ねた。

名月の質問に、緑の少年と青の子供は、互いの顔を見合わせ、しばらくして首を傾げた。

「ううん、とね。僕たちが覚えているのは、僕たち三人はずっと一緒にいたってことと」

「ことと？」

「僕たちが名月お兄ちゃんのことが大好きだってこと！　ね。青」

「そうですか。そうですね」

「はあ」

名月は重い息をついた。このまま僕の息は、地下へと潜り込み、地殻すらも突き破るのではないか、という幻想すら抱く。

自分に懐く、記憶喪失の幽霊。しかも三人だ。三人の幽霊が、行動動機すらも曖昧《あいまい》なまま、毎日、自分のもとへくる。意味が分からない。

「とにかく。君たちの記憶をどうにかしないと、問題を解決する糸口すら見えないな」

「それだ！」緑の少年が弾《はじ》けた声を上げる。「名月お兄ちゃん、それだよ」

「それってどういうこと？」

「名月お兄ちゃんと最初に遊ぶ内容だよ。クイズにしようクイズ」緑の少年は嬉々《きき》とした顔で突飛なことを言う。「僕たちの正体はなんでしょう？」

「それってクイズなのか」

「クイズだよ。名月お兄ちゃん、僕たちに記憶を思い出させてよ。僕たちも自分たちのこと知りたいし？　ね、青」

「……そうですね」

「じゃあ、決まり。あ、もうこんな時間か、それじゃあ、また明日《あした》ね」

緑の少年と青い子供は、元気よく立ち上がると、名月の部屋から出て行った。呆気《あっけ》にとられながらも、少年の言葉が気にかかり、時計を見る。時刻は早朝の四時を回っていた。

「マジか……」

あと二時間ほどしか眠れないじゃないか。いやそれよりも、と名月は目先の睡眠時間よりもその先にある喜劇的な悲劇に絶望した。

「成り行きで、あの子たちの記憶を探すことになってしまった」

自分に懐く記憶喪失の子供の幽霊たち。なんの手がかりもなく、あの子たちの記憶を取り戻すことなどできるのだろうか。

むろん、そんなことは無理である。

なるほど、こういうパターンか、と名月は感じ入った。経験則にも似た、過去の記憶をさかのぼり、結論をはじき出す。

初めてのパターンだ。

5

「ボイラーの上げかたはこれで分かった？」

早朝六時半、名月は真理にボイラーの上げ方を教えた。真理の仕事としては、朝ボイラーを上げてもらい、菓子の製造補助をしてもらう。そのあと、接客をメインにして、時々工場の仕事を手伝ってもらう。もちろん大学の授業がある時はそちらを優先してくれてかまわない。今日も朝のボイラー上げと菓子の製造補助をしてもらえば、夕方まで大学の授業を受けるはずだ。

「ううっ。ちょっと難しいです」

「ま、何日かやったら慣れるよ。それまでは僕が教えるしね」

「はい」真理の顔がらんらんと輝いた。「よろしくお願いします！」

「うん。よろしくね」

「それで、私は次に何をすればいいですか？」

「そうだなあ」

名月は少しだけ悩む。新人に出来る仕事は意外と少ない。一つ一つゆっくりと確実に覚えていかないと、失敗のもとにもなるし、まだ体も慣れていないだろうから疲れやすいかもしれないし。

これがあずきのような無気力な存在であれば「息でも吸ってろ」と言下に否定できるのだけど、目の前にいるのは善意のやる気に充ち満ちている女性だ。無下にもできない。

「じゃあ。冷凍してある酒饅頭《さかまんじゅう》の仕上げをやってもらおうかな」

「酒饅頭が冷凍されてるんですか」

「うん。うちの酒饅頭は『半返し』っていって、完全に生地が完成してないんだ。冷凍して、当日蒸し上げることによって、出来上がる。そっちのほうがお客さんに出来たてのものを提供できるし、お店としても効率がいい。沢山つくっておけるからね」

「へえ。そうなんですか。色々、考えてるんですねえ。ところで、昨日も出たんですか」

「ものすごい話題の転換だなあ。まあ、うん。出たよ」

名月は疲れた顔をつくると、先日、正確には今日、勃発《ぼっぱつ》した幽霊たちとのやりとりを説明した。

「そうですか」と真理は神妙な面持ちで考え込む。「色々と大変なことになってきましたね。そうだ。今日、私、大学から幽霊や妖怪《ようかい》についての本を持って帰ってきますね。なにか分かるかもしれません」

「ありがとう」と名月はお礼を言い、手をぽんと鳴らした。「さ。雑談はこれぐらいにして、仕事を進めよう。今は一つでも仕事を覚えるのが先決だ」

「はいっ！」

真理ははきはきと返事をした。

「それで、その幽霊たちの記憶を探し当てることになった、と」

必死に笑いを堪《こら》える玉藻に、名月は憮然《ぶぜん》とした顔をつくった。笑い事ではない、と憤りたくなる。がそれを堪える。気を紛らわす為に、工場の外を見た。小雨が地面が濡《ぬ》れるのをじらしているかのように、か弱く降っていた。

「いったいどうしたら。幽霊の記憶をとりもどせるんですかね」

「さあな。餡《あん》を炊くときに使う、特大へらで二、三発殴れば、記憶を取り戻すんじゃないのかな。名月よ」

「あんたって師匠は、どこまで人を小馬鹿にするつもりなんだ」

「ふふ。そう言うな」

意地悪く笑う玉藻に、名月は殺意すら覚えるが、これもいつものことだ、と諦《あきら》めた。睡眠不足で仕事効率は著しく落ちているのか、餡を指定されたグラム数に切る精度も落ちている気がする。餡を切り、秤《はかり》に載せる。秤がまったく反応しない。

そういえば、この秤は、昨日も使ったものだ、と朦朧《もうろう》とした頭で考える。今日みたいな湿度の高い日にはあまり反応してくれない癖がある。名月は仕方なく、秤を綺麗《きれい》にふき、別の秤を持ってきた。この秤は、不思議とどのような気候、どのような重さで切ろうと、綺麗に反応してくれる秤だった。

「む、お主、秤を替えたな？」玉藻がめざとく指摘してくる。

「気のせいですよ」名月は嘯《うそぶ》いた。「僕は別に、その日の自分の調子によって、秤を選んだりしません。ちょっと寝不足だからって、どんな重さでも、真ん中を指してくれる秤を選んだわけじゃありませんよ」

「雄弁とものがたってくれるな。名月よ」玉藻が顔をしかめる。「それではいつまで経っても立派な菓子職人にはなれんぞ」

「このままじゃあ、職人になる前に、死んじゃいますよ。それが嫌なら、あの幽霊たちの正体を教えて下さい。どうせ知ってるんでしょ？」

「神を脅すとは、中々の剛の者よな」玉藻はわずかな間を作った。「だがあえて、何も言うまい」

「なんでだよ」名月は語気を荒らげ、毒づいた。「あえての意味も分かんねえよ」

「なんども言うがな、名月よ。これはお前が紡いだ縁なのだ。お主自身の手で、解決せねば意味がない。私はな、お主の成長の伸びしろに期待してるのだ」

「成長の伸びしろ？　破滅へのゴールテープの間違いだろ」

「うまいこと言うものだなあ」

「まったくうまくない」

「ともあれ」とここで玉藻は改まる。「名月よ。お主と私が出会ってから起きた出来事を思い出してみろ。常に、問題が提起された段階で、問題を解くかけらはそろっていたはずだ。今回も同じだよ。すでに答えに至る材料はそろっている。あとはその材料をどのように組み合わせるかだ。そうすれば生まれたばかりの子供たちの正体も分かる」

「それが分からないから困ってるんですよ」

名月は、嘆息し、もう一度窓の外を見やった。雨雲の隙間から、陽光がのぞき、帯状の光が差し込んでいた。

仕事を終え、明日の仕込みも終わった名月は、春寿堂に潜む非生産的存在の部屋の前までやってきた。いわずもがな、あずきのことだ。部屋をノックする。何の反応もないが、ノックしたという既成事実さえつくってしまえば、勝手に入っても問題ないだろう。

返事を待たず、あずきの部屋に入る。電気のついていない暗い部屋。その唯一の光源であるテレビの前にあずきはいた。綺麗に正座をして、頭にはヘッドホンが装着され、ヘッドホンからのびたケーブルがテレビへと繋《つな》がっている。

何を見ているのだろうか、あずきの背中ごしにテレビの画面を見る。画面には、何者かに追われている少女が、小さく暗い倉庫へ逃げ込み、息を潜め肩をふるわせている場面が映し出されていた。おおかた、どこにでもありそうなホラー映画でも見ているのだろう。

名月は、食い入るようにテレビの画面を見ているあずきに近づき、背後からヘッドホンを外した。あずきはゆっくりと緩慢な動きで、こちらを振り返り、一言「あれ。名月」と来た。

「何を見てるんだ？」

「映画だよ。洋館に閉じ込められた女の子が、悪霊に追い詰められるの。知らないけど」

「なんとも嫌な映画だなあ」

「まるで名月の未来を撮影したような映画だね。知らないけど」

「やめてくれ。現実味がありすぎる」名月は顔をしかめた。テレビの中で悪霊に追い詰められる少女に同情しながらも、「あずきに訊《き》きたいことがあるんだけど」と話題を本流に戻す。

「なに？」

「幽霊ってどういう条件で、幽霊になるんだ？」

「なんであずきに訊くの？」

「あずきって、幽霊と妖怪の中間的な存在だろ？　だから何か知ってるかなって」

名月は正直に話す。あずきは幽霊でもなければ妖怪でもない。玉藻が創《つく》った式神だ。本来であれば、玉藻の手足となって働く存在のはずだ。実際には、玉藻の手足の枷《かせ》となっているという痛々しい現実があるが、それらに目をつぶるしかない。ともあれ、本来のあずきの役割を考えれば、幽霊や妖怪に対する知識が深くとも不思議ではない。

「何が知りたいの？」

「幽霊って記憶をなくしたりすることがあるのかな？」

「さあ。でも普通、幽霊になるってことは、この世に思い残したことがあるわけだから、断片的にでも記憶はあるんじゃないのかな。あずき知らないけど」

「じゃあ。完璧《かんぺき》に記憶をなくすってことはないわけか……」名月はあごに手を当てた。「でもあの子たちは僕と遊ぶことが目的みたいなことを言っていたけど……というか、はじめから僕のことを知っているみたいだった」

「じゃあ。はじめから知ってたんじゃない？」

「馬鹿な。僕の交友区域の狭さをなめちゃいけない。しかも子ども三人だ」

「自分で言っていて悲しくならない。名月」

「むろん、なる」名月は即座に返答した。「じゃあさ。あずきの実体験であればいいんだけど、あずきは記憶をなくしたことはないのかな」

「よく忘れるよ。主様のいいつけはとくに」

「それはただの物忘れだね。そうじゃなくて……こう、自分が誰なのか分からない、というか、そういう感じの経験だとありがたいんだけど」

「ううん……」あずきはおかっぱ頭をゆらして、考え込んだ。あずきの様子を見つめていると、「そういえば、あずきが創られた時、色々と分からないことだらけだったかも」と口元に人差し指をあて、独りごちるように言った。

「創られた時？」

「うん。あずきが主様に創られた時、最初は、自分がどこの誰だか分からなかったの。当然だよね。あずきはあずきで、それ以上でもそれ以下でもないんだもの」

「格好良く言ってるつもりだったら、全然格好良くないぞ。でもまあ、それも当然だわな。生まれたばかりの赤ん坊が、自分が何者かなんて分からないのと同じだ」

「あのときの主様は優しかったなあ」あずきが懐かしい記憶を回顧するように言った。

「どんなミスをしても許してくれたし、絶対に怒らなかったもんね。むしろ心配すらしてた」

「心配？　あずきをか？　師匠が？」

？マークの三連符に動じることもなく、あずきは小さく首を動かした。

「なにかね。主様がいうには生まれたばかりの式神は不安定なんだって。だからちょっとしたことで存在が消えてしまうらしいよ。式神に限らず、生まれたばかりの非物質な存在は、世界に定着するまでは、かなり不確かな存在なんだって」

「それは初耳だな」

「でも、あずきもそうだけど、非物質な存在が生まれること自体が、希《まれ》なことなんだって」

「そういうものなのか」

あずきの説明に納得できるようなできないような複雑な表情をつくる。今日の話はあまりあの子供たちの記憶を探る手がかりにはなりそうにない、と思う。

時計を見ると、夜の十時を指していた。あと四時間もすれば、あの子供たちが現れると思うと、気分が沈む。

「ねえ。名月お兄ちゃん、起きてる」

「また狸寝入り？　うちらのこと舐《な》めてる」

「……そうですか。そうですね」

いつもの時間に現れた幽霊たちに、名月はもはや何も感じなかった。無駄な抵抗、なる言葉が頭をよぎる。人間、抵抗することが無駄だと分かれば、悲観ではなく達観の域にまで精神を昇華できるらしい。

「起きてるよ」

名月は返事をして、布団から上半身を起こす。当然、目の前には、あくまでも僕に肉体的精神的疲労を運ぶことを正義としている、無邪気な子供たちがいる。

「やった」と緑の少年が弾んだ声を出した。「ね。言った通りでしょ？　赤。お兄ちゃん、僕たちと遊んでくれるって」

「ふん」緑の言葉に、赤と呼ばれた金髪の少女は鼻を鳴らした。「別にうちはどうでもいいし」

「君の名前は赤っていうんだ？」

「文句ある？」赤はそっぽを向きながら言った。

「いや。ないけど」

名月はそっけなく応じながら、内心で疑問を浮かべていた。緑の髪の少年は『緑《みどり》』と呼ばれ、青い髪の子供は『青』と呼ばれていた。しかし、この金髪の少女はなぜか『赤』と呼ばれている。どういうことだろうか。

名月が考え込んでいると、緑が「で、僕たちの正体分かった？」と訊《たず》ねてくる。名月は意識を子供たちへ向け、「残念だけど」と肩をすくめる。

「そっかあ。わかんないかあ」

「そうですか。そうですね」

「ていうか。なんで、あんたがうちらの正体を探ってんだよ」

「成り行きでね。ねえ。君たちは本当に自分たちが誰なのか思い出せないの？」

「うん！」

「まあ……あんまり思い出せないかも」

「そうですか。そうですね」

「なんとも、まあ」

名月は三人の子供たちに呆《あき》れる思いだった。迷子の幼児でももう少し、焦りや混乱を表に出すのに、なぜこの子供たちは記憶がないのに、ここまで恬然《てんぜん》と構えていられるのか。

「僕たちの記憶が戻らないのはしょうがないね。せっかくだしさ」と緑が切り出す。「せっかくだし、何かして遊ぼうよ」

「せっかく？」名月は愕然《がくぜん》とする。「せっかくっていう言葉の続きになんで、何かして遊ぼうなんて、台詞《せりふ》が来るんだ」

「名月お兄ちゃん。元気ないみたいだし。遊んだらきっと元気も出てくるよ。ね、青、赤」

「うちはどうでもいいけどな。緑が遊びたいならつきあってやる」

「そうですか。そうですね」

「僕たちの記憶を探してくれてるお兄ちゃんを労《いたわ》らないとね。きっと、僕たちと遊んでいれば、元気も出るよ」

労る、と、いたぶるを、盛大にはき違えている緑に名月は空笑いを浮かべた。名月は半ば自暴自棄な心境で「わかったよ」と返事をする。

名月の返答に、緑は相好を崩した。赤はわずかに口角を動かす。どうやら、僕のことを本気で嫌っているわけではないようだ。青は相変わらず、整った顔の筋肉を一ミリも動かすことなく、こちらを見ている。

自分に対して、そっぽをむく赤の頬に気になるものがあった。白い粉のようなものだ。名月は無意識に、服の袖《そで》で、赤の頬についている白い粉を拭《ふ》き取る。

「わっ」と赤は後ろにのけぞった。顔を上気させ。「何するんだ」と来る。

「あ、ごめん。君の頬に、白い粉がついてたから、つい」

名月は謝罪しながら、赤の頬についていた粉を確認した。たぶん片栗粉だ。うちの店では、餅《もち》を包む時、手に餅がへばりつかないように、手粉としてつかったりしている。

「なんだって、あんたはそんなにきれい好きなんだ。ちょっとくらい粉がついてもいいでしょ。潔癖性なのか」

「あ、赤、照れてる」

「照れてない」緑の指摘に赤がしどろもどろに答える。ごまかすように咳払《せきばら》いをすると「とにかく遊ぶなら、うちが気に入る遊びを選んでよ」と来た。

「そうですか。そうですね」

「とりあえず。トランプでもする?」

名月の提案に、子供たちは同意した。

このままでは、幽霊の子供たちを退けるどころか、僕が子供たちの幽霊に仲間入りしてしまうのではないだろうか。名月は、暗雲がたれこめてくる自分の未来に寒気を覚えながら、早朝の仕事をしていた。

6

「どうしたものか」

名月は独りごちながら、作業を続ける。季節の大福をつくる作業だ。今は栗を生クリームを混ぜた白あんで包み、それをさらに大福生地で包むモンブラン大福を販売している。大福生地を蒸籠《せいろ》で蒸し、それを手鍋《てなべ》に移し、コンロで、グラニュー糖を少量の水と一緒に合わせて硬さを調節していく。

最初は玉藻の指導を受けながらやっていた作業だが、最近では名月一人に任されている仕事だ。できた大福生地を、手粉の入った番重に移して、手粉が大福生地に入らないように、切り分け、冷めないうちに包む。その作業を繰り返し、手早く三十個ほどの大福を仕上げた。

あとは、一つ一つパックに入れれば、僕の朝の仕事はほぼ終わりか。

名月は、安堵《あんど》の息をつきながら考える。玉藻に目をやると、大口の上生菓子の注文があったらしく、必死の顔で、仕事をしていた。

さすがの玉藻も今日は、僕にくだらないアカ入れをしてこなそうだ。安心できるような、できないような、複雑な心境だ。

「真理さんには、僕らがつくったお菓子を仕上げる手伝いをして欲しいんだ。大福だったらこのパックの中に紙を敷いてその上に、大福を入れて蓋《ふた》してくればいい」

「わかりました」

真理は名月の教えに従い、カップに大福を入れていった。手早く作業を終え、番重にのせ、店へ運んで行く。真理の背中に「それを運んだら、僕と一緒に開店準備を手伝ってもらえるかな？」と声を飛ばす。

「はーい」と明るい声が返ってきた。

仕事が終わり、店を閉めた。夜の七時をまわっているが「年末だし、大掃除でもするか」という玉藻の思いつきにより、工場を大掃除することになった。

名月が、天井にたまった煤《すす》を拭いていると、流しで洗い物をしていた玉藻が話しかけてきた。

「栗原真理はどうだ？」

「物覚えもいいですし、たぶん器用ですね。しばらくしたら随分と師匠を助けてくれると思いますよ」

「いや。奴はたぶん、私ではなくお主を中心に助けるぞ」

玉藻の愉快げな様子に名月は首をひねり「どうしてです」と訊ねる。

「お主は随分、真理に慕われておるようだしの」

「まあ。あれじゃないですか」と名月は作業の手を止めて、空中で指を回した。「ずいぶん和菓子に興味があるみたいですし、僕に対しては妙な恩を感じてるみたいですね」

淡然と答える名月に、玉藻は「お主なあ」と呆れた声を上げた。

「以前あったアイドルの事件の時から思っておったが、お主は他人に対して淡泊すぎやしないか？　もうちょっと、情緒豊かな妄想世界を展開してもよろしかろ。名月よ」

「癖ですよ。癖。僕はあまり人と関わらない人生を歩んできたんで、人の感情の機微には疎いんです。たぶんね」

「それだけ自己認識できていながら、情緒の上方修正を行わないあたりがお主らしい」

「しかし、あれですね。まさかこの店で年を越すことになるとは思いませんでした。正直、すぐに辞めるだろうなって自己分析してましたから」

「それこそ、お主が紡いでいる縁だよ」

「またそれですか。その厄介な縁のせいで、辞めようと思う隙すらありませんでしたよ。本当に予想外です」

「私も予想外だ。まさかこれだけ多くの者たちと年越しすることになるとはな」

「真理さんのことですか？」

「どうだろうな」

上機嫌で肩を揺らす玉藻に、名月は肩をすくめ返す。大掃除の作業を続行しようとすると、裏口から「ただいま戻りました」という真理の声が響いてきて、彼女が姿を現した。走って帰ってきたのか、息が荒い。真理の口から、真綿のように白い吐息が漏れている。

「すいません。お帰り。大学のゼミがちょっと長引いちゃって」

「ふむ。お帰り。別にそのまま上がってくれても良かったのだぞ」

「いえ。名月さんに渡したいものもあるので」

真理は、名月に袋いっぱいの本を手渡した。息を整え、「幽霊とか妖怪《ようかい》について詳しい本です。大学の図書館から手当たり次第持ってきました。まあ、司書バイトの特権みたいなものです」と来る。

「ありがとう。でもさすがにこれだけの量の本は読み切れそうにないけど」

「あれ皆さん」真理がきょとんとしながら、工場を見渡す。「何をしてるんですか?」

「大掃除だ。もうすぐ年があけるしな。暇があるうちに、掃除をしてしまおうと思っての」

「そうだったんですか。仰《おつしや》っていただければ、ゼミを抜け出してお手伝いしたのにっ」

半ば怒っているような口調で、真理は言った。すぐに「私も手伝います」と掃除用具を手に取る。

「ではそこにある棚から、道具を全て出して、下に敷いてあるダンボールを交換してくれ」

「分かりました」

真理は、和菓子をつくる道具を置いてある棚から、様々なものを取り出し、作業台に並べていった。計量カップや、栗を砕くための通し、ステンレスのボールとアルミ製のボール。毎日のように使う道具が、棚から運び出される。

「これってよく名月さんが使ってるやつじゃないですか?」

真理の声に、名月はそちらを見やった。そこには上皿秤《ばかり》が三つ並べられていた。たしかに和菓子をつくる上で、この秤はなければならない。電子秤では、なまじデジタル数字を用いているために、計量するにも数値が確定するまでに時間がかかってしまう。この上皿秤なら、秤の上がるスピードで素早く計量することができる。

一般の人が見れば、たしかによく使っている風に見えるだろう。

「色々と色があるんですねえ」

そんな感想を漏らし、真理は秤を観察した。色という言葉に妙なひっかかりを覚える。

「ふむ。それに秤によっては若干の癖があるからの。色で見分けた方がどこかの誰かにとっても都合が良いのだろう」

幼稚な当てこすりにも思える玉藻の応対に苛立《いらだ》ちを覚える。玉藻を睨《にら》もうと顔を見ると、一気に毒気が抜かれた。

玉藻が笑っていた。

玉藻は和菓子に対しては正直な人格をもっている。普段ならば、今玉藻が発したような台詞を口にするとき、絶対に毅然《きぜん》とした態度をとっているはずだ。

しかし、なぜか玉藻が笑っている。

つまり何か意味があるのだ。

名月は、並べられた三つの秤を見た。色は、赤と緑と青だ。三つという単語にひっかかりを感じる。そして、それぞれ固有の癖があるということも重要なことに思えた。

三つ、色、個性。思い当たる節がありすぎる。

「おいおい嘘だろ」

なにより、真理の指摘通りに考えれば、あの三人組はあまり幽霊らしさがない。単純に考えれば、妖怪などに近いはずだ。

最後の疑問は赤と呼ばれた少女だ。彼女だけが、他の二人とは違い、名前と髪の色に類似性がない。

赤い秤を見やる。他の二つの秤との違いを探すと、あることに気がついた。赤い秤だけ、上皿の素材が違っていたのだ。

「マジかよ」

「どうしたんです？」

真理の言葉を聞き流し、真理から借りた妖怪の本を開いた。僕の考えが正しいなら、おそらくその妖怪、いや、神の名前が出てくるはずだ。

お目当てのページを開き、名月は確信する。これが、あの子たちの正体だ。

「真理さん」

真面目な顔で、真理の名を呼んだ。真理はたじろぎながら、顔を上気させ「な、なんです」と言った。

「君のおかげで、僕の睡眠障害は解決しそうだ」

「ふぇ？」

7

夜中、名月は玉藻を自分の部屋に呼び出して、子供たちの出現を待っていた。

「よくもまあ、師匠をこんな時間に呼び出すのぉ」

玉藻が愉快げに言った。

深夜の二時だ。玉藻はいつもと違って、薄い浴衣《ゆかた》を着流している。

なぜ夜中にいい年した男二人が、寝間着姿で同室しなくてはいけないのか、という不満もあるが、玉藻をここに招いたのも自分なので、我慢するほかない。

「まったくもって」名月は憮然《ぶぜん》とした調子で口を動かす。「師匠はなんで僕に対してそこまで非協力的なんですか」

「なんの話やら」

「とぼけやがって」名月は乱暴な口調で言った。「そうやって僕を困らせて楽しいですか」

「むろん。愉快だな。だが、それ以上に、今回の問題は今までの問題以上に、お主が解決すべき問題だと思ったから、あえて黙っていた。というのも半分あるな」

「どういうことですか？」

「名月よ。お主の考えが正しいのなら、なぜ、あの子供らは私ではなく、お主のところに現れたのだ？　お主の考えが正しいのなら、私の元へやってくる確率の方が高そうなものだろう」

「……まあ。たしかに」名月は黙る。

「そのあたりの事情も考えれば、きっと正しい答えが出てくるはずだよ。名月よ」とここで、玉藻は窓の外を見た。山の天気は変わりやすいのか、昼間は晴れていたのに、今は地面を削るような雨と、空を引き裂くような雷が轟《とどろ》いている。「それにしても天気が悪いな」

「何の話やら」

名月がおどけるように肩をすくめると同時に、勢いよく扉が開いた。ずいぶん見慣れた子供たちが入ってくる。緑と青だ。赤の姿が見えないのに、少々、違和感を覚えた。

「やあ、名月お兄ちゃんっ。今日は何して遊ぶ？」

緑は開口一番そういって、名月に抱きついてきた。青は温度の感じられない表情を保ったまま、静かに部屋に入ってきた。

「すさまじい懐かれ具合だな。名月よ」

「はは」名月は空笑う。すぐに抱きついてきた緑に視線を落とし、「遊ぶよりも、もっと大事なことがあるよ」と言った。

「大事なこと？」緑が名月から顔を離し、小首を傾げた。

「うん。たぶんなんだけど。君たちの正体が分かった」

「本当！」

緑はただでさえ大きな瞳《ひとみ》をさらに大きく見開いた。青もわずかに目を開き、感情の変化を見せた。

「うん」名月は首肯し、「たぶん君たちは」と言って、言葉を区切った。もう一度、自分の推論が間違えていないか確認した。

大丈夫、間違っていないはずだ。

名月は自身を鼓舞するように頷《うなず》き、緑と青を交互に見た。数秒の間をあけ、ゆっくりと口を開いた。

「君たちは神様だよ」

「神様？　僕たちが？」

「そうですか。そうなんですか？」

「そうなんだ。君たちは付喪神《つくもがみ》だ。長い年月使われた物には魂がやどって神様になる。君たちに記憶らしい記憶がないのは、君たちが生まれたばかりだからだ」

「僕たちっていったい何なの？」

「君たちはこの店で使われてる秤だよ」

「秤ですか？」珍しく青が口を開いた。

「うん。そう考えれば全部の辻褄《つじつま》が合うんだよ。色々と疑問はあったんだ。なぜ君たちに記憶がないのか。そして緑は僕が『三十分間で五百個餡《あん》を切ったこと』をなぜ知っていたのか。赤が言った『僕がきれい好き』という情報源。緑と青は普通に髪の色で呼び合っているのに赤だけがなぜ金髪なのか。これだけ個性の分かれた三人がなぜ常に一緒にいるのか」

「ほほう。問題の本質を覆っていた氷が解け、核心が見えたというわけか。名月よ」

「まあ、今回も偶然なんだけどね。だけど、この子たちが付喪神だと考えれば、今言った疑問が解決する。僕が切った餡の数を知っているのは当然だ。緑は身をもって経験してたんだから。赤の台詞《せりふ》も同じだ。僕は秤を使い終わったあと、神経質なぐらい綺麗《きれい》に拭《ふ》く。だから赤は僕がきれい好きだって知っていた。それに昨日、赤が現れた時、頬に粉がついていたんだ。大福を包む時に使う手粉だ。たぶん、拭き残しがあって、秤についたままだったんだろうね。極めつけは……」

「「「極めつけは」」」三人の言葉が唱和する。

「一緒なんだ」名月は静かにそう言った。「この子たちの個性と名前と、そしてうちにある秤の色がね。褒め上手で自由気ままな緑色の秤は、緑君だ」

「いやあ。照れるなあ」

「そして。その場の環境に流されずに常に一定の動きをする青色の秤が青だ」

「そうですか。そうですね」

「そして、気分屋で日によってはこちらの思い通りに動いてくれない赤色の秤、それが赤だ。彼女だけ髪の色と名前が一致していないのは、赤色の秤だけ、上皿が真鍮《しんちゅう》なんだよ。真鍮の金色。だから赤は金髪なのに赤と呼ばれてるんだ。どうですか、師匠。これですべてが繫《つな》がったと思いますけど」名月は嘆息混じりに述べる。「師匠の大好きな縁がね」

ぱちぱちぱち、と手を鳴らす玉藻の姿を見て、名月は安堵《あんど》した。

「なかなかやるの。名月よ。たしかにこやつらは、うちにある秤が付喪神に変化した存在だ。よくぞ縁の糸を紡いで、真相にたどり着いた」

「そうなんだあ」と緑が微笑む。「僕たちはこの店の秤の神様だったんだね。だから名月お兄ちゃんのことが大好きだったんだ。いつも大切に使ってくれてるから」

「そうですか。そうですね」

はあ、と名月は重い息をついた。今回の案件もどうにかなりそうだ。暗闇に一筋の光が差し込んできたようだ。と思ったところで玉藻が「しかし、それでは七十点といったところかの」と来るものだから、名月は身構えた。

「どういうことだ？」

「まだ拾い損ねたかけらがあるのではないか。そのかけらは、一見、どうでもよさそうなものだが、ある意味においては最重要なかけらにもなる」玉藻はそこまでいい、まじめな表情で「なぜこの場に赤がいないのだ？」と言った。

そういえば、と名月は頭を回転させた。本能が、自分に警笛を鳴らしてくる。拾い損ねたかけらはなんなんだ。なぜ師匠はこのタイミングで、赤の不在を指摘した。今までも何度か、赤がいないことがあったが、その共通点はなんだ。

整理のできない子供のおもちゃ箱のように乱雑にしまわれた記憶を辿《たど》る。辿り、ある事実とある記憶を思い出した。窓の外を見る。相変わらず外の天気は荒れている。

「天気かっ。赤は天気が悪い日は必ず現れなかった。そして、あの赤い秤《はかり》は、天気が悪い日、つまり湿度が高い日はなかなか動いてくれない秤だ。あの子、もしかして、雨や嵐が嫌いなのか」しかも、と名月は奥歯を噛《か》みしめた。「たしか生まれたばかりの神は」とあずきとの会話を思い出し、苦虫を噛みつぶしたような表情をつくる。

「さよう」と玉藻は頷いた。「生まれたばかりの神は不安定な存在だ。ちょっとしたショックでその存在が消えてしまうほどにな。お主はそこを見落としてしまった。が、まだ間に合うぞ。早く、あの娘のところに行ってやれ」

ちっ、と名月は舌打ちをした。その舌打ちをする時間すら惜しむように、自分の部屋を飛び出す。

あの子はどこにいる？　もし本当に、赤が悪天を苦手としているなら、今日は最悪の日だ。豪雨どころか、雷まで鳴りたい放題なのだから。

階段を駆け下り、工場までやってくる。工場の電気をつけ、くまなく捜すが、赤の姿は見当たらない。

「くそっ。いったいどこに」

そこまで考え、ある映像がフラッシュバックした。あずきが見ていたホラー映画のワンシーンだ。少女が暗く狭い部屋に隠れ、怯《おび》えている映像だ。なぜかその映画の少女が、赤の姿と被《かぶ》った。

「おいおい。こんな些細《ささい》なことも縁のかけらなんて言うんじゃないだろうな師匠」

名月は独りごちる。そして、春寿堂でもっとも狭い部屋を目指した。餡などを保管している倉庫で、一年中エアコンで冷房を入れているので湿度も低い。たしかにあの部屋なら、赤が逃げ込みそうではある。が、雷の音までは消せないはずだ。

工場から倉庫へ向かい、扉を開けた。電気をつけると四畳半ほどのスペースがある。その一角に、小さく震える子供の背中があった。

金髪を揺らし、耳を押さえている。間違いなく赤だ。が、異様なのはその姿だった。今まで見てきた赤は、緑や青のようにはっきりと見えていた。しかし、今、目の前にいる赤は透けており、赤の向こう側にある餡の入った番重が見えていた。

これが、生まれたばかりの神の陥る不安定な状態か、と名月は溜息《ためいき》をつく。どうする、と内なる自分がささやいてくるが、選択肢などひとつしかない。

名月は慎重に赤の真後ろまで進み、小さく震える赤を抱擁した。ガラス細工を扱うように繊細に、しかし力強く、抱きしめる。

赤の肩が激しく上下に揺れた。名月は抱きしめる力をそのままに「大丈夫だから」と穏やかな口調で言った。

「で、でも雨が、か、雷が」赤が半ば錯乱に近い声を出した。

「大丈夫だよ。雨も雷も中に入ってこないよ。怖がらなくても大丈夫」

「本当に？」

赤はこちらを振り向いた。涙で瞳がゆれ、普段の強気な顔が嘘のようにしおれている。

「うん。本当に。ごめんね。君の正体に気づけなくて、危うく赤が消えちゃうところだった。でももう大丈夫。君のことは分かったから、怖かったら怖いって言ってくれればよかったのに。ああ、でも自分のことが分からないからしょうがないか。君は付喪神だよ」

「付喪神？」

「うん。物に宿る神様。君はうちにある秤の神様だよ。君は湿気が苦手な秤だから、極端に雨や雷を嫌っちゃうんだね。大丈夫、大丈夫。雨も雷も怖がらなくても。もし怖かったら、その時は僕が一緒にいてあげるから」

「本当の？　本当？」

赤の震えが徐々に収まり、薄れていた体がはっきりと具現化してくる。どうやら危機は脱したらしい。

もう何度吐いたか分からない安堵の息を吐き、赤から手を離そうとすると、赤は名月の手を握りしめて、それを阻止した。

「赤？」

「……言った」

「え？」

「怖かったら一緒にいてくれるって言った」

すねたような、甘えるような台詞に、名月は苦笑した。「わかったよ」と赤をもう一度、抱きしめる。

「あ、ずるい！」と声が聞こえたのはその瞬間だ。声の方を見てみると、緑が頬を膨らませてこちらを見ていた。その背後には青と玉藻の姿もある。「赤だけ名月お兄ちゃんと仲良くしてるなんてずるい。僕たちも！　ね、青」

「そうですか。そうですね」

緑と青が名月に向かって突進し、抱きついてきた。赤がしどろもどろになり「う、うちがこんな奴と仲良くしているわけないっしょ」と弁明し、緑は「嘘つき。本当は赤も名月お兄ちゃんが好きなくせに」と茶化し、青は「そうですか。そうですね」と平坦《へいたん》な台詞を発する。

三人にもみくちゃにされながら、名月は忌々しげに玉藻を見上げた。玉藻は愉快そうにこちらを見下ろしている。

「あんたって神は。いったいどこまで見通してたんだっ」

「むろん。すべてよ」玉藻は息をするかのような自然さで答える。「お主が、この子供たちに懐かれるところから、この子供たちが秤の付喪神だと考え至る経緯も、そして、お主が赤を救うことも予見していた。お主が赤を助けないと思っていたなら、私がもっと先に手を打っているよ。新しい家族を見捨てるわけなかろ」玉藻は片目をつむる。

「ふざけやがって。なんであんたはそう常に高いところから見下ろしたような展開を好むんだ」

「なにせ神だからな」

　馬鹿と煙は高い場所へのぼるものだ、と吐き捨ててやりたい衝動に駆られるが、緑や青、赤に挟まれてうまく言葉にならない。

「それに私は初めから、名月に答えを教えていたぞ」

「馬鹿な」

「私はなんどもお主との会話で言っていただろう。『生まれたばかり』とな」

　名月は愕然《がくぜん》とした。生まれたばかり。つまり『生まれた秤』ということか。

　そんなくだらない落ちなど認めてなるものか、と玉藻に毒を浴びせようとするが名月の言葉は、

「あはは。これからもよろしくね名月お兄ちゃん」

「そうですか。そうですね。よろしくおねがいします」

「うちは別にどっちでもいいわ」

　という新たに生まれた神たちの声にかき消された。

「これからもよろしく頼むぞ。名月と三人の新たな神よ」

「「「はーい」」」三人の声が可愛く唱和した。

四話　落雁《らくがん》と蓮の華

0

長かった。

男はほくそ笑む。

ようやく男の目的、おおげさにいえば、悲願が成就する。

数百年前、ある妖怪《ようかい》を調伏しようとして、返り討ちにあった。それどころか、力を失い、この山から出られない体になった。生きているのに、ほとんどの人間に認識されない呪《まじな》いもかけられた。

まさに生き地獄だ。

呪いの力が弱まるのに百年以上の年月を待った。奴が力を使ってくれたおかげで、こちらを拘束する力が薄れ、ようやく活動することができる。

復讐《ふくしゅう》の計画を練るのにはさほど時間は要しなかったが、問題なのはその機会を得ることがなかったことだ。

だが、そのチャンスがようやく来た。

妖怪も人間も、僕の手のひらの上で踊ってくれる。

男は再度、ほくそ笑む。

あの青年のおかげで、男の計画を実行に移すことができた。

あとは結果が出るのを待ち、今度こそあの妖怪を調伏するだけだ。

男は心の中で、妖怪の姿を思い浮かべ、そして、妖怪の名を口にする。

――辰狐《しんこ》王《おう》・玉藻《たまも》

1

秋夜《しゅうや》名月《なつき》は、朝起きて、洗面台へ向かう。高野山《こうやさん》の空気で冷やされた木造の廊下は、まるで氷の上を歩いているような感覚になる。息を吐けば、雲のように白い息が天井へ向かってのぼり、霧散する。

寝起きのまどろんだ意識の中、洗面台で顔を洗い、歯を磨いた。鏡に映された幸薄そうな自分の姿を見て、ため息が零《こぼ》れた。

「あと三日か……」

名月は鏡に向かって、独りごちた。あと三日で年が明ける。毎年、この時期になると、信じてもいない神に「どうか何事もなく、年を越せますように」と祈ってしまう。

「でも今年は祈る必要はないな」

すがすがしい表情をつくった。そう、今年は祈る必要なんてないんだ。と自分に言い聞かせる。

なにせ。

なにせ、その神と職場を同じくしているのだから。

仕事着に着替え、階段を下り、工場へ降りた。十二月までの工場であれば、名月が一番乗りなはずだが、近頃は、二番手になりがちだ。

「おはようございます。名月さん」

作務衣《さむえ》姿の女性が、挨拶《あいさつ》をしてきた。最近、バイトとして入ってきた栗原真理《くりはらまり》だ。はつらつとした表情で、セミロングの髪を揺らしている。彼女がバイトに入ってくれてから、朝一番で使うボイラーをあげてくれるので、菓子製造の仕事がかなりスムーズになった。

「おはよう。栗原さん」

真理の挨拶に名月は応じる。作業台の上に置いてある番重の中身を見て、渋い顔になった。番重の中には、昨日売れ残った和菓子が入っている。生菓子に薯蕷饅頭《じょうよまんじゅう》、大福などがある。所謂《いわゆる》、『返品』というものだ。

「ああ、くそ」

「どうしたんです」

「いや。予想以上に、返品が出たなって」

その日の、天候や曜日を考慮し、店に来るお客の人数を予想する。そして、その予想にそってその日つくるお菓子の数を決める。この店で働きはじめた時は、玉藻がやっていたのだが、最近になり、なぜか名月に任せられるようになった。

ここ最近はほとんど返品をださずに済んでいたのに、今日は随分と返品を出してしまった。

「これ捨てちゃうんですよねえ」真理が口に人差し指を当てて言った。「もったいないですよね」

なんとなく真理の気持ちを察する。真理の傍らを見ると、半ば真理の守護霊と化した、真理の姉の由理《ゆり》が、何かを食べるような動作をして、名月に主張してくる。

本当にこの姉はシスコンだな、と呆《あき》れながら、真理に「食べてみる？」と訊《たず》ねた。

「え？　いいんですか？」

「うん。どうせお客さんには売れないし、捨てちゃうからね」

「やった。私、今日、朝ご飯食べてなかったんです」

そう言って、真理は番重の中にある栗蒸羊羹《くりむしようかん》をつまんだ。一口大に切ってあるので、つまみやすいはずだ。

「うーん」と真理は頬に手をやった。「やっぱり栗とあんこは相性いいですねえ」

「まあね」と答えたところで、作業台の下から、小さな手が三つ伸び、番重の中にあるお菓子を摑《つか》む光景が目に入った。

「僕は大福！」

「うちはどら焼きを貰《もら》う。青《あお》、お前はさっぱりしたお菓子が好きだから、桜の塩漬けがのった焼き菓子がいいわね」

「そうですか。そうですね」

三人の子どもたちが、おのおの、好きなお菓子をほおばった。緑色の髪をした無邪気な少年に、真っ赤な服を着た勝ち気な少女、そして無表情な青い髪の少年。名前はそのものずばり、緑《みどり》、赤《あか》、青だ。

先日、春寿堂《しゅんじゅどう》で生まれたばかりの付喪神《つくもがみ》たちだ。今までは夜中にしか行動、具現化ができなかったが、ようやく存在が安定してきたのか、ここ最近は、朝からこうやって現れるようになった。玉藻の計らいで、幽霊や妖怪が見えない真理にも、きっちりと目視できるようになっている。

「そっちにも美味《おい》しそうなものがあるよ」

あずきが付喪神たちを誘導するような声を出し、付喪神たちはそれに続く。

「ふふ。あの子たち可愛いですね。でも本当に、師匠さんに無断で食べてよかったんですか？」

「べつに良いよ。まあ、普通の大きな企業とかなら問題になるかもしれないけど、僕たちみたいな個人商店は、結構、ざっくばらんな感じだし。その辺もうちのいいところだと思うよ」

「そうなんですかあ」

「うん。それに『洋菓子は空気を売って、和菓子は水を売る』って言葉があるんだけど」

「どういう意味です？」

「洋菓子は焼いたら膨らむでしょ。スポンジとかそういうの。焼く前を考えると、体積に対して原材料はあまりかかってないんだ。和菓子もそれと同じで、餡《あん》にしても、その他のお菓子にしても、結構、水を使ってるんだよ。つまり、僕らがつくるお菓子の値段の大半が、技術や施設に対する費用の影響を受けてるんだよ。たぶん、その辺から来た皮肉だろうね」

「へえ。そういう話もあるんですね」

「でも材料費が少ないからって、無駄にしていいものでもないしね。どうせ捨てるなら、誰かに食べて貰った方が、作り手としては嬉《うれ》しいよ」

「名月さんって、意外と純粋なんですね」真理はくつくつと笑う。「あ、名月さん。黒いのついてます」

真理はそう言って名月の肩に手をやった。何かをつまみ、名月の目の前にもってくる。真理がつまんでいるのは、髪の毛だった。普段から、異物混入のないように、コロコロで全身のゴミやほこりを取っていたが、どうやら、取り残しがあったらしい。

「助かったよ」

「ええ。それはいいんですけど……」真理がやや困ったような表情でそのあと「返品は食べて良いかもしれませんが、あれはいいんですか？」と付喪神たちを指さした。

真理の指先を見て、名月は驚愕《きょうがく》する。返品を食べ尽くした付喪神たちは、和菓子をつくる原材料にまで手を出していた。

「やっぱり蜂蜜《はちみつ》は美味しいねぇ」緑は蜂蜜を指ですくうと、頬を落としそうな笑顔になる。

「自然の恵みって感じがするわね。あ、でもこれ加熱処理されてるやつね。青は、水飴《みずあめ》が好きなのよね。はいこれ」赤は割り箸《ばし》の先端に、水飴を絡めつけると、青に手渡した。

「そうですか。そうですね」青は、割り箸を割り、水飴を割り箸でくるくる回して白く変色させると、それを口にふくんだ。

「おいっ馬鹿っ。止めろっ」

名月は慌てて止めに入る。付喪神は唇をとがらせて、苦情を言った。その様子を真理と、由理が、愉快げに見ている。

「本当にここは楽しい職場ですねぇ。賑《にぎ》やかで愉快です」

「これが愉快？　馬鹿な？」

言いながら、名月はそれほど怒っていない自分がいるのに気がついた。僕も毒されたなあ、と苦笑する。

「はあ」名月は重い息をついた。「じゃあ、仕事をはじめよう」

「はい。よろしくお願いします」

付喪神たちを追い出し、二人で手分けして、その日、朝一番でつくる生菓子、朝生菓子を仕上げていく。冬は酒饅頭《さかまんじゅう》や蒸し菓子、あるいは焼き菓子などの温かさがあるお菓子がよく売れた。

蒸し上げた酒饅頭を包装用のビニールで、包装している真理を確認しながら、名月はカステラ生地の焼き菓子の材料を配合した。

ミキサー専用のボールに手早く卵を割り、その中に上白糖を入れ、ホイッパーでよくかき混ぜる。その中に水飴を入れた。毎日つくるものなので、配合はすべて頭の中に入っている。

「あとは小麦粉と寒梅粉《かんばいこ》を量ればこっちの用意は終わりかな」

名月が小麦粉を計量しようとしたあたりになって、銀髪の怪人が工場に現れた。

「あ、おはようございます。師匠」

名月はその怪人に挨拶をした。この怪人こそ、件《くだん》の神、妖狐・玉藻だ。銀色の髪を腰まで伸ばし、赤く鋭い目は怪しく揺れ、口角は楽しげに上がっていた。狐の王で、なぜかこの高野山で和菓子屋を営んでいるという、名月の理解の埒外《らちがい》に身を置いている存在だ。

「おはようございます。玉藻さん」

「おはよう栗原真理。ついでに名月よ」

「ついで、だと」名月は露骨に顔をしかめる。「ついでってどういうことだよ」

「名月よ。私もな……」と玉藻が諭すような口調で言った。「私も本心から言っているのではない。私にも感情はあるのだ。新しく入った新人によく思われたいという感情がある。こういう言い方をすれば栗原真理は、『この人は名月よりも私のことを優先的に考えてくれているんだ。なんていい神なんだ』と思うかもしれんだろ」

「はいっ」真理は屈託のない笑顔をつくった。「玉藻さんは、いい髪をしてますね」

「そうだろう」

「なんだか会話がかみ合ってないなあ」

「ともあれ、師匠の人心掌握に付き合うのも弟子のつとめ、とは思わんか？」

「はい、そうですね」名月は笑顔で返事をしたあと、目をつり上げ「なんて、僕が納得すると思うのか？　おい朝からなんなんだ？　なんで積極的に喧嘩《けんか》を売ってくる？　本当に買っちゃうぞ」と続けた。

「いや、売ってない。そのまま貴君に贈呈しよう」

「名月さんも、玉藻さんも仲が良いんですね」

「このやりとりを見て、仲が良いと言うなら、グッピーとピラニアだって、同じ水槽で棲《す》める」

「うまいこと言うなあ」玉藻がカラカラと笑った。

「うまくなどない」

「まあまあ、落ち着け。短気は損気。ものごと寛容になるのが肝要だぞ。名月よ」

はあ、と名月は重い息を吐いた。この神相手に怒ることほど無駄なことはない。この謎の神は、僕をからかって楽しんでいるのだから。神というよりは、ほとんど道化に近い。

「そろそろ、仕事に戻ってもいいですか？　師匠」

「むっ」と玉藻は表情を崩した。「気づいてしまったな。私が弟子と愉快なコミュニケーションをとりたくて、あのようなことを口走ったということに。社会のカラクリに」

「社会のカラクリではなく、あなたの人格的な問題でしょうに。ともかく早く仕事をしますよ。開店時間も迫ってるんだから」

「よろしかろ。名月よ」そう言って、玉藻は名月の肩に手を伸ばした。「黒いのついてるぞ」

と名月の肩に手を伸ばす。先ほどと違い、髪の毛ではない。虫眼鏡をつかってもみるのが難しいほど、細く小さな繊維だった。これは、小豆の繊維か何かだろうか？

「おそらく小豆の繊維だな。一昔前ならここまで敏感にならなくともよかったのだが、最近はどんなに自然由来のものでも、異物になるからの」

「すいません」

「別にお主を責めてはおらん」

「そうですか。というかその『黒いのついてる』って言葉は、示し合わせてやってるんですか？」

「どうだろうな。名月よ」玉藻は悪戯《いたずら》な笑みを浮かべる。

はあ、と再度、重い息を吐いた。

2

問題が発生したのは、その日の午後のことだ。

「あの。名月さん？」

店番をしてくれていた真理が、店と工場を仕切るのれんを手でずらし、顔を出した。戸惑っているようにも見えるし、焦燥しているようにも見える。いずれにせよ、好ましい顔ではないのは間違いない。

「どうしたの？」

名月は作業の手を止めて、訊《たず》ねる。気遣うというよりは、警戒する色が強い。

「落雁《らくがん》が欲しいってお客さんがいて」

「落雁？　ああ。縁起物の若松《わかまつ》落雁のこと」

名月は、春寿堂で扱っている落雁を思い浮かべながら、訊ねた。和三盆《わさんぼん》という砂糖を原材料にした、干菓子《ひがし》という種類の菓子だ。基本的には縁起物で、六角形の中に若松が描かれたものや、飛び立つ鶴の形をしたものが多い。もともと高級菓子である上に、縁起物という特色も強く、さらに添加物や特殊な包装をしなくても、数ヶ月単位の保存ができるとあって、急なお客さんにもお茶菓子として出せるべんりな存在だ。

春寿堂でも、高野山にあるいくつかの寺におろしているし、常に在庫もあるので、すぐに対応できる。

どうやら、僕の嫌な予感は杞憂《きゆう》だったみたいだ、と安堵《あんど》した名月は「落雁ならお店の棚の中に」と真理に伝えようとすると、かぶせるように「いえ。それがですね」と真理が言葉を発したので、名月は身を強《こわ》ばらせる。

「蓮華《れんげ》と蓮《はす》の葉の落雁が欲しいらしいです」

「蓮華と蓮の葉？」名月は訝《いぶか》しむ。「それってお盆のお供えで使うやつじゃないか」

八月のお盆、亡くなった人たちの魂が家に帰ってくる時期に、仏壇に落雁を供える習慣がある。なので今が八月であれば、そういうお客さんが来てもおかしくはないが、今は十二月、しかも年越しまであと三日に迫った二十九日だ。お盆用の落雁などあるわけがない。

「ちょっと初めてにしてはきついお客さんに当たったね。僕が代わるよ」

名月は流しで手を洗うと、前掛けで水気を拭《ふ》き、店へ向かった。背後から「それがあ」とおどおどとした真理の声が聞こえてくる。

店に出て、お客の姿を探す。が、不思議なことにお客の姿はどこにもなかった。不審そうに店内を見渡す名月に、真理が話しかけてくる。

「実は、お客さん帰っちゃいました」

「帰った？　なんで？」

「『明日《あした》の昼頃に、落雁を取りに来る』って仰《おつしや》ってました」

「いや。なんて、ではなく、なんでって訊《き》いたんだけど……」

真理に事情を聞くと、おずおずと説明をはじめた。要約するとこうだ。真理が店番をしていると、お客が入ってきた。お客は開口一番「蓮の葉と蓮華の落雁が欲しい」と言ったそうだ。落雁を販売したことのない真理は焦り、てんぱった。そして「分かりました」と答えてしまった。するとお客は「明日の昼過ぎには、取りに来る」と必要な落雁の個数を言い残し、店を出て行った。

「つまり、そのお客さんの電話番号も聞いてないってことだよね」

「本当にごめんなさい。でも変な格好をしたお客さんでした」

「変な格好？」

「はい赤い装束を着た人でした」

「服装を言われてもなあ」

真理はしゅんとなる。

「ごめんなさい」

「いや、僕の方こそ申し訳ない。まだ完璧《かんぺき》に慣れてないのに、目を離してしまった。僕のミスだ」

「そんな。別に名月さんのせいじゃ……」

「しかし弱ったな。明日の昼までにお盆用の落雁を揃えなきゃ……」

「まあ、注文を受けてしまったのなら仕方がないの。どうせ、奥の院に卸す落雁もつくらねばならんし、ついでにやってしまおう」

玉藻の声が聞こえ、名月と真理はそちらを見やった。自分の作業を終えた玉藻が、工場から顔を出し、顎《あご》に手をやっている。恬淡《てんたん》とした様子に、奇妙な頼もしさすら感じた。

「数は分かるか？」

「はい」玉藻の問いかけに真理は背筋を伸ばし「蓮華と蓮の葉の落雁が二十個ずつです」と続けた。

「ふむ。よろしかろ。名月よ」

「はい」

「私は落雁を打つ準備をするから、お主はネキ餡《あん》を炊いてくれ」

「了解」

「えっ」と声を上げたのは真理だ。「落雁にあんこを使うんですか？」

「うん。うちの店でつくるお盆用の落雁は中に餡が入ってるんだよ」

「でもそれだと、日持ちがしなくないですか？」

「だから、ネキ餡を使うんだよ。普通のこしあん、まあ、小豆並み餡のことだけど、それに砂糖と寒天さらに大量の水飴《みずあめ》を投入するんだ。すると餡の糖度がびっくりするぐらい上がる。糖度が上がれば上がるほど、傷みづらくなるんだよ」そこまで話し名月は「つうか」という言葉を出だしに「ネキ餡って腐ることあるの？」と玉藻に訊ねた。

「さあなあ。少なくとも私はネキ餡が傷んでいるとこ見たことないなあ。永遠に持つ気がするなあ」

「和菓子って色々と工夫されてるんですね」真理が詠嘆口調で言った。

「もともと、日本の風土や四季の移り変わりに即するようにつくられたものだからな。和菓子ならではといえばそうなるの」

玉藻は大きく手を鳴らし「和菓子談義はここまでだ」と断じた。「さて、名月よ。さきほど言ったようにお主はネギ餡を炊いてくれ。炊けたら急いで冷まして、切っておいてくれ。私はその間に落雁を打つ準備をする」

「分かりました。師匠」

「本当にすいません」

「気にするな栗原真理よ。下の者のミスを補うのが上の者の務めだ」

「ずいぶんと真理さんには優しいんですね」名月は玉藻にジト目を向ける。「僕が困ってる時は、全然助けてくれないのに」

「私なりの愛だよ」

「そんな屈折した愛なんて僕はいらない」

「そういうな」と玉藻は笑う。「さあ、時間がないぞ。栗原真理はそのまま、店番をしておいてくれ」

「はい分かりました。よろしくお願いします」

「うむ。まかせておけ。ではいくぞ名月よ」

「はいはい」

名月と玉藻は落雁を作る作業に取りかかった。

3

夜の八時過ぎ、名月と玉藻は出来上がった落雁を作業台の上に並べていた。蒸し器にホースをつなぎ、並べた落雁に蒸気を当てていく。

「何をしてるんですか？」

閉店の作業を終えた真理が訊ねてくる。

「落雁の仕上げだよ。こうやって蒸気を当てて、固めてるんだ」

「へえ」

ホースを直しながら名月が返答した。あとは一晩、この場所に置いておけば、この落雁は完成だ。白い蓮華と緑の蓮の葉が、作業台に並んでいる様は壮観だ。真理も同じようなことを思ったのか「蓮華や蓮の葉がこれだけずらりと並んでいると、やっぱり高野山らしいですね」と感想を述べた。

「ん？　どういうこと」

「え？」と真理はきょとんとした顔をつくった。すぐに「ああ。普通知りませんよね。私たち高野山大学の学生は比較的みんな知ってるんですけど。実は高野山って上から見ると蓮の葉と蓮華で……」と途中まで説明し、言葉を飲み込む。

「どうしたの？」

「ちょっと思ったんですけど、今日一度も、あずきちゃんの姿を見てない気がする」

「そういえばそうだな。朝、現れたっきり一度も見てない。普段なら、こういうトラブルが起きた時に限って、頼みもしないのに工場に降りてくるのに」

「今回つくった落雁も、あやつに食べられることを見越して、数を多めにつくったのだがな。そういえば姿を見せんな」

「食べられるのを見越している段階でどうかと思いますけどね」

「体調でも悪いんですかね」

「式神が？」名月はわざとらしく眉《まゆ》をひそめた。「まさか」

「おおかた。大好きな映画でも食い入るように鑑賞してるのだろう。あやつは一日三十時間はテレビを見てるからな」

「その意見に誰一人として、反論しないのがあずきの凄《すご》いところですね」

「そのうち、あやつ自体が下らない映画の一部になってしまうのでは、と心配になる時すらあるからのぉ」

「本当にあの子は式神なんですか。スペック的には子猫の手よりも借りたくない」

「一応、能力はあるんだぞ」と玉藻は少しばかり創造主としてのプライドを見せる。「実際、栗原真理の事件の時は役にたっただろう」

そういえば、と名月は栗原真理と出会うきっかけになった事件を思い出した。たしかに栗原真理が行方不明になった時、あずきが力を込めた南天の葉のおかげで、彼女の居場所を特定できたのだ。つまり、あずきは普段からやる気など皆無で、それこそ子猫の手ほども役に立たないが、いざとなれば、不思議な力をつかえるということだ。

それを認めるにやぶさかではないが、ではなぜ普段は、太りに太ったナマケモノですら「あ、俺、まだ大丈夫かも。もうちょっと怠けてもいけるかも」と思わせるほどの怠け具合を披露しているのか、という純然たる怒りを覚える。

名月が複雑かつ明快な憤懣《ふんまん》を覚えていると、玉藻が「まあ、とりあえず。店じまいするか」とのんびりした意見を口にした。

「そうですね。もう時間も遅いですし。本当に今日はご迷惑おかけして申し訳ありませんでした」

「気にするでない。栗原真理よ。今年も残すとこあと二日だ。年が明ければ、皆で初詣《はつもうで》に行こうではないか」

「あ、いいですねそれ」真理が玉藻の提案に賛成の意を示す。「みんなで行きましょう。

もちろん名月さんも」

「おいおいおい。何を勝手に」

「いいではないか。交友区域が子猫のミルク皿よりも狭いお主にとっては、皆で行く初詣など経験がなかろう。ついでにあの付喪神の奴らも連れて行ってやろう」

「騒々しいなあ」

「いいじゃないですか。きっと楽しいですよ」

「なにはともあれ、今日はご苦労だったな。明日に備えて休んでくれ」

「「お疲れさまでした」」

名月と真理は声を唱和させた。


深夜、名月は自分の部屋に何者かが入ってくる気配を感じた。暗がりの中、窓から入ってくる月明かりを頼りに、時計を確認する。深夜の三時だ。十二時前に布団に入ったので、まだ三時間も寝られていない。

ぼんやりとした、霧がかかったようにはっきりとしない思考を懸命に動かし、部屋に侵入してきた者の正体を考えた。

時間的に考えて、おそらく付喪神の子供三人組だろう。

薄目を開け、部屋の入り口を見やる。名月の推理に相違して、部屋に立っていたのは付喪神三人組ではなかった。

「名月ぃー」

力のない声を飛ばしたのは、あずきだ。黒いおかっぱ頭を揺らしながら、こちらに歩いてくる。足取りはどこかおぼつかない。瞳《ひとみ》にも生気がないように感じられる、がこれはいつものことか、と名月は納得する。

「あずき。どうしたの、こんな時間に？」

「うーん」とあずきは意味のない動物の唸《うな》り声のような息を吐いた。「なにかね、へんなの」

「君がへんなのはいつものことだが……」

名月が言葉を発するのと、あずきが名月に向かってくずおれたのは同時だった。突如として、糸が切れた人形のように、あずきが倒れ込んでくる。名月は反射的にあずきの体を受け止めた。

「おい。あずき。どうしたんだよ？」

「うーん。なんかね。体にね。力が入んない感じだよね」あずきは弱々しく答える。「あずき知らないけど」

「自分の体のこと知らないことはないだろうに。おい、大丈夫か？」

名月はあずきの体を支えたまま、部屋の電気をつけた。暗闇を追い出すように、光が広がる。あずきの顔を見て、おや、と思った。妙に赤い。

これはまるで……

まさかそんなことはあるまい、と考えながらも、名月は恐る恐るあずきの額を押さえた。

「嘘だろ……」名月は愕然《がくぜん》とした面持ちで自分の額に手をやった。「あずき、お前、熱があるぞ」

「名月の手、冷たくて気持ちいい……」

「おい嘘だろ。勘弁してくれ」名月は半ば自暴自棄気味に訴える。「なんだって熱出してるんだ。あずきは式神だろ？　式神がなんで風邪なんて引くんだ」

「あずきはね繊細なんだよ。きっと。それはもうタンポポの真綿のように吹けば飛んでいっちゃう」

「飛ぶってなんだよ。頭のネジか何かか」

言いながら、名月は、どうする、どうする、と混乱しながら考えた。病院に連れて行くべきか？　いやそれは駄目だ。どう考えても人間の医者に式神の謎にみちた発熱症状をどうにかできるとは思えない。

「あずきは丁寧に取り扱いましょう……いじめ、駄目、絶対」

「馬鹿なこと言ってないでしっかりしろ」

「……名月いー」

「どうした？」

あずきは折れそうなほど白く細い腕を伸ばしてきた。名月の肩に手をかけ、そのあと、名月の目の前に移動させる。あずきの指の先に、黒い髪の毛がつままれていた。

「……黒いのついてる……」

その言葉を最後に、あずきは目を閉じ、全身の筋肉を弛緩《しかん》させた。ぐったりと名月に体を預けてくる。

「お前ら絶対打ち合わせしてるだろっ」名月は反射的につっこみを入れ、我に返るように頭を強く振った。「いや、今はその辺の苦情を言ってる場合じゃない。とにかく、師匠に知らせないと」

名月は自分の布団にあずきを寝かせると、急いで玉藻を呼びに行った。

4

「師匠。この状況を説明して下さい」

名月は針を含んだような語調で、玉藻を見た。時刻は朝の七時なので、あずきが倒れてからおおよそ四時間が経過したことになる。

「まあ。そう焦るな。順を追って説明しよう」

「順、だと？」名月はほとんど激昂《げきこう》しながら、玉藻を見下ろす。「どういう順があれば、こんな状況が発生するんだ。昨日僕は、あずきが倒れたことを師匠に知らせに行った」

「ああ。来てくれたな」

「で、あんたなんて言った？」

「ここは私にまかせておいて、お主はゆっくりと休んでおけ。大丈夫、大船にのったつもりでいろ、と言ったかな」

「ああ。そうだ」名月は力強く首肯した。「で、僕は師匠を信じたわけだ。なのになんで……」いったん言葉を区切り、間をあける。そして致命的かつ決定的な言葉を発した。

「なんで師匠が縮んでるんですかっ」

名月は玉藻の容姿の変化を指摘する。つい数時間前までの玉藻はいつも通り、モデル顔負けのスタイルを誇っていた。それが今の玉藻はどうだ。

完全に子供の姿をしていた。

頭身は大きくなり、目はくりくりと丸い。白い長髪に頭部にはもこもことした獣の耳が生えている。そしてお尻《しり》からはフワフワとした尻尾《しっぽ》が生えていた。性別不明の容姿はさらに性別不明となっている。

年の頃は、おそらく十歳前後だろう。

いったい何をどうして、どういうアクロバティックな展開があれば、このような事態になるのか？　意味が分からない。

玉藻ならぬチビ藻だ、と内心で毒づいた。

「まあ、落ち着け」チビ藻が平坦《へいたん》な口調でなだめてくる。「この愛らしい姿に戸惑うのは分かる」

「ああ。戸惑い過ぎて激怒しちゃってるぐらいだからな」

「この姿にはのっぴきならない事情があるのだ。簡単に言えば、あずきを助けるために力を使いすぎた」

「あずきを助けるため？」

布団で眠っているあずきを見た。数時間前よりは落ち着いているのか、布団の中で静かに横臥《おうが》している。

「まあ、そういうことだ。あずきは今、例えるならば蛇口を開けた水道みたいなものだ。無制限に力が抜け出してしまっている。当然、あずきの力は無限ではない。力を使い果たすと、その存在は消えてしまう。なので私が自分の力を常にあずきに流して、あずきの延命を図っている、ということだ」

チビ藻が説明口調で言った。名月は納得できるような出来ないような表情になる。

「そもそもなんだけど」と探るように口を開く。「そもそもなんで、あずきはこんな症状になってるんだ？」

「それはな、どうやら七里結界《しちりけっかい》がおかしなことになっているらしい」

「七里結界？」初めて聞く単語に眉《まゆ》をひそめる。「なんです。それ」

「高野山の開祖は誰か知っているか？」

「当たり前です。弘法大師《こうぼうたいし》・空海《くうかい》ですよ」

名月は即答した。高野山に住んでいて、高野山の開祖を知らない人間はいない。街中、至る所にその人物の名が散見されるし、高野山を下りるときに使うケーブルカーでは、毎回のように高野山の歴史が放送されるのだから、覚えない方がどうかしている。

「その通り」チビ藻は深く頷《うなず》いた。「なぜ、高野山が、京都の比叡山《ひえいざん》、青森県の恐山《おそれざん》に並ぶ日本の三大霊場に数えられるのか。それは空海がこの山を開く時に七里結界をつくったからだ。この結界によって、高野山は強い霊場を維持している」

「いまいちよく分かりませんが、強い霊場を維持してるってことは、幽霊や妖怪《ようかい》が集まりやすいってことでしょ。つまり、実は高野山って僕と相性が悪いってことにならないか」

「…………」

「なぜ黙る？」

「これも縁というやつだ」

「おい、ふざけるなよ？」名月は目をつり上げた。「いいか。縁って言葉はそこまで万能な言葉じゃない。なにか問題が発生する度に、縁、縁、縁で解決しやがって」

「しかし、実際に縁だったわけだ。そこに疑問を挟む余地はあるまい」

「ぐっ」

チビ藻の返答に名月は押し黙った。たしかにチビ藻が言うとおり、今まで体験してきた厄介かつ忘れがたい事件の数々は、チビ藻の指摘する『縁』なるものが紡がれた結果だ。

「でも今回だけは心あたりがないぞ」

「いいか」チビ藻は真剣な面持ちで話しかけてくる。「状況だけを説明するぞ。今、この高野山では七里結界がもう一度張られようとしている。つまり結界が二重になる、ということだ」

「つまり？」

「何事も塩梅《あんばい》が大切、ということだ。ただでさえ高野山という霊場を安定させてる強力な結界をさらにもう一度張るということは、ちょうどたき火で良い感じに暖められた室内に、さらにガソリンを投入するようなものだ。そんなことをすれば、高野山の全ての非物質なるものに影響が出る。ちょうど、今のあずきのようにな」

「すべての非物質なるものにって……じゃあ、この間生まれたばかりの付喪神はどうなる」

そこに思い至り、名月の中に焦燥感が湧いてくる。ねっとりとした粘度の高い液体が、胸の中にべったりと広がる感覚だ。

名月の気持ちを察したのかチビ藻は「そこは大丈夫だ」と白い歯を見せる。「付喪神のやつらも、私の力で保護している。だからこんな姿になってるのだが」

「それならよかった」名月は安堵《あんど》の息をついた。

「で、話を戻すぞ。なぜ、七里結界の異変の影響が、まっさきにあずきに出たのか。これは偶然とは思えん」

「おいおいおいおいおい」名月は早口でチビ藻を制した。「まさか、また僕が紡いだ縁だとでも言うのか。勘弁してくれよ。いいか、僕は高野山全域の霊場を揺るがすほど、大した人間じゃないぞ」

「そう謙遜《けんそん》するな」

「謙遜しているんじゃない。悲観してるんだ」名月は額に手を当て、項垂《うなだ》れ「ああ、くそ」と言葉にならない言葉を口にした。「なんだって僕がこんな目にっ。これじゃあ、あずきがあんなことになったのは僕のせいみたいじゃないか」

「みたい、というよりも、お主の縁のおかげであろ？」

「おいっ。これ以上僕を追い込むな。前にも言ったけどな。僕はあらかじめ全てのことに対して絶望するように努めてるんだ。なのに……なんで」名月は奥歯を嚙《か》む。「なんだってこう、絶望には果てがないってことを身をもって体験しなきゃいけないんだ」

「すさんどるなあ」チビ藻は詠嘆口調で言う。「ともあれ、今までのお主の経験から鑑《かんが》みるに、お主がこの事件にまったく関わっていないと胸を張って断言できるか」

「むろん、できない」

「であろう？　とりあえず中途半端な知識だけで、七里結界を張ろうとしている馬鹿がこの高野山にいるのは間違いない。なにか心あたりはないのか」

「そんな心あたりあるわけ……」

断言しようとし途中で言葉を止めた。本能が記憶の扉を開くのを拒絶するのに、勝手に扉がぱたぱたと音をたてて開いた。その記憶の扉の向こう側に、ある人物が佇《たたず》んでいた。

自分よりもやや年下の少年だ。名は犬飼一《いぬかいはじめ》といったか。浅慮に富み、親しみの持てるほど厚かましく、頭の悪い小型犬を彷彿《ほうふつ》とさせる少年だ。さらにお仏教界のアイドルになるために僧侶《そうりょ》をしているという事実が、その頭の悪さの証明になっている。

そういえば、と名月は、犬飼一とのやりとりを思い出す。

そういえば、あいつ、結界を張るだとかなんだとか言ってたな……

間違いない、と名月は絶望を通り越し、神秘的な心境になった。

間違いなく、あの少年僧が今回の事件の首謀者だ。

「嘘だろっおいっ」名月は爆竹が爆《は》ぜるような声をあげた。

「ずいぶん荒れとるな」

「当たり前だろ。いいか。今までは発生した問題の被害は、僕自身か、最悪でも僕と縁を結んでいる相手に及ぶだけだったんだ。でも、今回は」と名月は毛根に恨みがあるのでは、と思うほど頭を掻《か》きむしった。「今回は、あずきや、付喪神たち、下手をすれば、今まで出会ってきた梅園《うめぞの》さんや疫病神《やくびょうがみ》の女の子。篤胤《あつたね》や篤胤のお母さん。それに栗原さんの姉の由理さんにも影響が出るんだ。冷静でいられるわけがない。もう完璧《かんぺき》だよ。ふざけたご縁のダブル役満だ」

項垂れる名月に玉藻は笑顔をつくる。愉快なものを眺めるような表情だ。この状況でもなお、チビ藻、もとい、玉藻はこの混沌《こんとん》を楽しんでいるのか、と名月は感銘をうけた気分だった。

「なんで笑ってるんだ？」

「さあのお」とチビ藻は空とぼける。「師匠としては、弟子の成長が嬉《うれ》しいのでな」

「成長？　この様《ざま》で？」

「そのうちお主自身で気づける時がくるさ。いやあ、野放しにしたかいがあるというものだ」

「師匠の言っている意味が分からない」

「気にするな」とチビ藻は言い「ともあれ、問題の規模が高野山全域まで広がっても、お主がやることはかわらんよ。縁のもつれをほどき、綺麗《きれい》に結び直す」と繋《つな》げた。

またそうなるのか、と名月は嘆息した。

5

「で、僕はどうすればいいんだ」名月は諦観《ていかん》するかのようにチビ藻に問う。「その七里結界とやらを通常の状態に戻す方法は？」

「そうさな。単純にいえば、七里結界を行っている人物を見つけ出して、結界を張る儀式を中止させればいい」

「儀式ねえ」あの奇っ怪極まる少年を見つけ出すだけでも、不可能に近いのに、さらにその儀式までも阻止しなければならないとは、打開の一歩を踏み出す前から泥濘《でいねい》に足を突っ込んでいるような気持ちになる。「なんか、栗原さんの時と似たパターンだなあ」

「おお。いいとこに目をつけたな」チビ藻は大仰に感心してみせる。「して名月よ。お主は町石《まちいし》なるものをご存じか？」

「町石？」チビ藻の慇懃《いんぎん》な物言いに戸惑いを覚えながらも、名月は記憶の糸を辿《たど》り「ああ」と呟《つぶや》いた。「町石ってあれだろ？　高野山のあちこちにある石の看板みたいなやつだろ」

名月は、町石なるものの存在を思い出し、イメージした。

高野山のいたるところにある石の塔だ。たしか卒塔婆《そとば》とも言った気がする。どういう目的で設置されているのかは知らないが、存在自体は名月も知っていた。

「その通り。あれは高野山の登山道の一つ、表参道《おもてさんどう》に沿って設置されている。というより町石の建てられた道を表参道と呼んでいるとでもいうべきか。まあ、表参道は別名、高野山町石道とも言うから、推して知るべしというところかの」

「で、その高野山蘊蓄《うんちく》がどうしたんです？」

チビ藻の迂遠《うえん》で婉曲《えんきょく》な言い回しに、名月は苛立《いらだ》ちを覚える。この期に及んでもまだ、情報を小出しにするつもりなのか、と感心にも似た戸惑いすら感じる。

「まあ、そう苛立つな名月よ。いいか。町石道は、高野山の入り口から出口、つまりは奥の院の最奥『御廟《ごびょう》』まで繋がっている。その数は二百十六にのぼる」

「だから」と名月はじれったさを滲《にじ》み出させ「その話がいったいどう『七里結界』と繋がるんだ」と繋げた。

「七里結界はその町石すべてに力を込めることによって完成する」

「二百個以上の町石に力をこめるって、途方もない話ですね」

「その途方もない行動を実地に移している馬鹿がいるのだ」

「……そういえば、あのガキ僧侶、結界を張るのには体力を使うとか言ってたな。それにあいつに会った時に見た卒塔婆は町石だったのか」

犬飼一が町石に何かをしたあと、体調を崩したことを思い起こした。

いよいよ様々なことが繋がってくる、と安堵と焦燥を同時に覚えた。

チビ藻との会話で、ようやく自分のすべきことが見えてきた。

言ってしまえば、高野山にある町石をしらみつぶしに捜せば、例の少年僧を発見する可能性が高まるということだ。

「察しがいいではないか」

「これだけかみ砕いて説明されれば、誰だって分かります」

「これより、少年僧捜索を行う。ただ、私は見ての通り、愛くるしい感じになっておるから、妖術《ようじゅつ》の類《たぐい》は使えん」

「様あないですね」

「貴様、はっ倒すぞ」チビ藻は憤り、こほん、と咳払《せきばら》いをした。「ともあれ、私が特殊な力を行使できない以上、物理的な手段……二手に分かれて、その馬鹿を捜すしかない。今日は、臨時休業だ。とにかく、七里結界を行っている馬鹿を見つけ出すぞ」

「はい」

名月は、平然と頷く。

店は臨時休業かもしれないが、僕の人生は通常営業だ、と居直る気持ちだった。

春寿堂を出て、チビ藻と別れた名月は、さて、どの町石へ向かおうか、と悩む。高野山にある二百以上の町石を調べるだけでも、自然に雨が降るまで雨乞《あまご》いをし続ける、不毛な難行に思える。それに全ての町石を調べたとしても、犬飼一との行き違いの可能性も多分に含んでいる。「こりゃあ、詰んだかも」

かも、ではないな、と名月は苦笑した。こちらの戦力は不必要な縁ばかりを結ぶ僕と、とうとう神としての力すら失ったチビ藻だ。この戦力で高野山の未来を救うなど、素手でツキノワグマを倒せと言っているようなものだ。

「はあ」

名月は暗澹《あんたん》たる現状に、嘆息した。嘆息し、

「とりあえずコンビニでコーヒーでも買うか」

とさっそく現実逃避に走る。

高野山はスーパーやコンビニが極めて少ない。景観や情緒を気にしているのか、コンビニやスーパーなどの大衆的な施設は、高野山でも観光客の寄りつかない場所に建てられることが多い。その割には十数年前はパチンコ店が大通りに存在していたらしいので、態度に一貫性がない気もする。

高野山の外れにあるコンビニにやってきた名月は、微糖のホット缶コーヒーを購入した。外に出て、手を温める。冷たい外気とホットコーヒーで温められた手の温度差を感じる。雪は降っていないが、冬の高野山から積もった雪が消えることはない。缶コーヒーのプルタブを開ける。一口飲み、息をついた。

「ふざけてるよなあ。この状況」

思えば、十二月に入ってからの縁の結ばれ方は異常だった。春寿堂で働くようになってから、それこそ無差別かつ無秩序に妖怪《ようかい》や幽霊との縁が結ばれてきたが、それも数ヶ月ほどの周期のようなものがあった。しかし、十二月に入ってからは、数日から数週間おきに奇妙な縁が結ばれている。

「いっそ逃げ出してしまおうか」

そんな考えを口にする。はっきり言って七里結界が崩壊しても、名月にとっては直接的な被害はないはずだ。今までであれば、名月自身に危害が及ぶ案件ばかりで、自己防衛のために問題を解決することを強いられてきた。が、今回ばかりは、そういうことはないはずだ。七里結界がどうなろうとも、名月には関係がない。

本当に逃げだそうかな、と妥協案が名月の頭に浮かび上がる。と、同時にあずきの無気力な顔も思い浮かんだ。

「あずきのやつ大丈夫かな」

自然と口が動いていた。自分が他人、しかも人間でない存在に対して心配する気持ちを抱いていることに驚く。春寿堂で働く前では考えられない思考だった。

「そういえば、年明けには、みんなで初詣《はつもうで》に行くんだっけ」

名月は苦笑する。

玉藻の発案により、年明けに、玉藻とあずきと真理と付喪神の面々で初詣に行くことになった。どう良心的な見方をしても、騒がしい初詣になるのは間違いない。名月は生まれてから一度も初詣など行ったことがなかったが、おそらく、騒々しいものになるだろう。

騒々しいが、まあ、悪くない。

が、その悪くない騒がしさも、今の状況では実現困難だ。なにせ、初詣に行くほとんどのメンバーが活動不能に陥っているのだから。

再び、あずきや付喪神たちの顔が頭に浮かんだ。

「ああっもう」と大きな声を上げる。「わかったよ。捜せばいいんだろう。捜せば」

缶コーヒーを飲み干して、ゴミ箱に捨てた。

「こうなったら意地でもあの少年僧を見つけてやる……でもいったいどこに」

名月が独りごちていると、コンビニの自動ドアが開く音が聞こえた。なんとなく、そちらを見やる。見やり、愕然《がくぜん》とした。

コンビニから出てきたのは件《くだん》の少年僧、犬飼一だったのだ。以前見た時よりは、かなりやつれているが、間違いない。

あのアホ丸出しの緊張感のない顔は、この高野山に二つとないだろう。

犬飼一はこの身が凍るような気温の中、ソフトクリームをなめている。

その安穏とした様子に名月は、ふつふつと怒りを覚えた。こちらが進退窮まる状況に身を置いているというのに、その当事者とも言える人間が、なぜこうも悠々としていられるのか。

「お前が舐《な》めているのは、ソフトクリームではなく僕のことじゃないか」

思わず声をかけてしまっていた。おそらく脊髄《せきずい》反射の上をいっていたのではないかと思うスピードだったと名月は自分自身に感心した。

「おろ。おおっ。相棒じゃないかっ。久しぶりだな。こんなところでどうしたんだ」そこで犬飼一は口を、お、の形にして「おいおい嘘だろ」と言った。「これってもしかして、でまちってやつか！　さすがはお茶の間のアイドル。同性のファンまで獲得するとは。でも悪いが相棒の気持ちにはこたえられないんだ。俺は誰かのものではなく、みんなのものだからな」

ぷちっ、と名月の中で何かが切れる音がした。

この脳天気さに空気の読めなさ。怒りを通り越し殺意に至る。こんな奴のために僕は、進退窮まっているのか。

「……くな」

「おろ。なんか言ったか相棒」

「動くなって言ったんだ」

名月は犬飼一ににじりよる。名月の動きに合わせて犬飼一は後ずさりながらソフトクリームをなめる。「どうした。獲物を狩る狐のような雰囲気だぜ？」

「……動くなっつったよな？　今度その足と舌を動かしたら、僕はもう自分を抑えきれる自信がないぞ」

「落ち着け相棒。暴力では何も解決しないぜ。話し合おう。何をそこまで切れる必要があるんだ。話し合いこそ人類調和の第一歩だ」

「………だったら、今すぐ結界を張る儀式を中断しろ」

「？」犬飼一はきょとんとした表情になる。「そりゃあできない相談だ。この作業が終われば、高野山に住んでるやつらは救われるんだからな。この俺の救済の道は誰にも止められねえ。とめられないのだ！」

「すくわれるのは」と、名月は玉藻に以前言った台詞《せりふ》を思い出しながら、足に力をこめた。地面を蹴《け》ると同時に毒を吐くように口を動かす。「僕の足下だ!」

そこからの犬飼一の行動は瞠目《どうもく》に値した。手に持っていたソフトクリームを名月の顔面に投げたかと思うと、そのままきびすを返し、逃亡をはかったのだ。

「くそっ。待てっ。それに食べ物を無駄にするなっ」

顔に付着したソフトクリームを手でぬぐい、怪僧の後を追う。どこにそんな力があるのか、犬飼一の脚力は相当なものだった。ひょろ長い手脚をじたばたさせて、それこそ恥も外聞もない体で逃走するものだから、恥と外聞を持ち合わせている名月に追いつける道理もない。

「逃げるなっ! 止まりやがれ」

「さすがの相棒の頼みでも無理の無理無理無理だな。この俺の俺による俺のための、俺アイドル化計画の邪魔はさせるわけにはいかねえ。それに、俺には約束があるんだ。世の中の人を救うという な」

「その煩悩まみれのただれた救済に、僕を巻き込むんじゃないっ」

声を荒らげながら、犬飼一を追う。凍結した道で幾度となく転びそうになるが、懸命に体勢を立て直し、犬飼一を見失わないように努めた。

犬飼一が唐突に進路変更をして、曲がり角を曲がる。名月も犬飼一に続いた。

「逃がす……」

名月の台詞が続いたのはここまでだった。曲がり角を曲がった瞬間、強い衝撃が来て、尻餅《しりもち》をついた。最初は、犬飼一が何か反撃をしてきたのか、とも思ったが、どうやら違うようだ。痛む尻《しり》をさすりながら前を見てみると、どうやら、誰かにぶつかったらしい。ぶつかった相手も、まるで鏡を合わせているように、自分と同じ体勢をとっていた。

「おやおや。すいません」

ぶつかった相手が謝罪してくるのも気にせずに、名月は犬飼一の姿を捜した。しかし、時既に遅く、犬飼一の姿はどこにもない。

「くそっ。せっかく見つけたのに」

立ち上がり、地団駄を踏む。どうして僕はこうピンチをチャンスに変えられないのだ、と自分のふざけた性質に嫌気がさす。

「おやおや。大丈夫ですか」

「なんだよくそっ」

ほとんど八つ当たりにも近い感情を抱きながら、ぶつかった相手を睨《にら》んだ。睨み、すぐに唖然《あぜん》とする。目の前の人物には見覚えがあった。

こんな季節なのにも拘《かか》わらず薄いスーツ姿の金髪碧眼《へきがん》の男性。どこか見覚えがあった。見覚えがあるが、どこで見たのか思い出せない。

「おやおや。なにか困ったことでも起きたのかい?」

「ああ。あるよ」名月は静かに言った。「たった今、あんたのせいで、困ったことになった」と断言する。

「それは申し訳ないことをしたね」

金髪碧眼の男が謝罪する。ほとんどこちらの八つ当たりなのにも拘わらず、何の疑いも持たずに謝罪する男の評価を、底抜けの阿呆《あほう》とするか、底なしの度量を持っているとするかは難しいものがあった。

「はあ。せっかく見つけたのに」

「あのお坊さんがどうかしたのかい?」

金髪碧眼に訊《たず》ねられ、名月は答えあぐねた。正直に話したところで到底信じてもらえるとは思えない。そう判断し、適当にあしらうことにした。

「いや。あの人に少し伝えたいことがあって。でも話を聞いてくれないんだ」

「おやおや。それは大変だね」

「ええ。大変なんです」

「では僕も君のお手伝いをしようかな」

まるで「今日の晩ご飯は何にしようかな」とでも言うような陽気さで言ってきた。あまりの自然さに、名月は反応が遅れる。数瞬の間を空け、「え？」と間抜けな声を出した。

「僕も暇だしね。僕も君の手伝いをさせてもらうよ。さっきのお坊さんを捜せばいいんだね？」

「ええ。まあ。はい」

気の入らない返事をする名月を尻目《しりめ》に、金髪碧眼の男は「それじゃあ、僕は奥の院あたりを中心に調べてみるよ」と軽やかに言うと、颯爽《さっそう》と走り去ってしまう。

「なにが。なんだか」

唐突に降って湧いた協力者に名月は戸惑いを覚えながら、犬飼一の捜索活動を再開した。

金髪碧眼の男は、奥の院辺りを調べると言っていたので、僕はその反対側を捜してみよう、と名月は了見を定め、足を進めた。国道沿いに西へ進む。そもそも、二百以上ある町石のすべての所在地など、把握していないので、勘で進むしかない。

「たしかこっちには正智院《しょうちいん》があったかな？」

名月はぼんやりと呟《つぶや》いた。このまま進めば、高野山高校の近くにある正智院に到着するはずだ。宿坊もしているお寺で、名月も何度か配達に行ったことがある。その近くにいくつか町石らしい卒塔婆を見た記憶があった。

「コンビニに出現するぐらいだから、町石を調べるより、その辺のお土産物屋とか行ったほうが遭遇率が高くないか」

名月は独りごちながら足を動かす。前方から「本当にいたあ!」という黄色い声が聞こえ、自然と視線がそちらを見た。

人だかりがあった。高野山高校の制服を着た女の子たちが、獲物を追い詰める肉食獣さながらの気迫を持って、何かを取り囲んでいた。

「ちょっとねえ。何この子!」「ちょう可愛い!」「お人形みたい!」「ねえ。君、お名前は?」「女の子? 男の子?」

人だかりから、高い声が次々と上がった。どうやら、女子高生の琴線に触れる何かがそこにあるらしい。時間は朝八時であるから、登校中にその何かを発見して、取り囲んでいる。そういうことだろう。

「いったいどこの誰だろうな」

これ以上の推理は邪推だな、と名月は苦笑し、女子高生の集団を横目に通り過ぎようとする。興奮した女子高生は何をするか分からない。

触らぬ神にたたりなし、だ。

「ふむ。私は玉藻という名だ」

へえ、と名月は感心した。女子高生に囲まれているのは玉藻という名前らしい。師匠と同じじゃないか。こんな珍しい名前が重なるなんて、偶然も怖いな。

などと名月は思わない。急遽《きゅうきょ》、足をとめ、女子高生の集団の中心を覗《のぞ》きみる。そこには辟易《へきえき》とした顔をしたチビ藻の姿があった。腕を組み、顔をしかめて女子高生たちを見上げている。

「ねえ君。何してるの？」

「ある人間を捜しておる」

「人間？」一人の女子高生がきょとんとした顔をした。そして何かにひらめいたように口を開け「なるほど、やっぱり君、迷子なんだね」と言う。「さっき外国人のお兄さんが、迷子がいるから助けてあげて下さいって言ってたの。あの人も超イケメンだったけど」と女子高生はよだれをぬぐうように口元に手をやった。「君の方は、可愛いね」

「迷子？」チビ藻は、人がウナギで空を飛びました、とあり得ない報告を受けたような反応をした。「私がか？　馬鹿な」

「可哀想に。お母さんとはぐれちゃったのかな」

「ねえ、とりあえずこの子学校に連れていかない？　とりあえず先生に報告しようよ。保健室に預けておいて、みんなでこの子の相手をするとか」

「おい。何を勝手に話を進めておるっ」

感情を露《あら》わにする玉藻の声は、女子高生たちの「『さんせー！』」という唱和にかき消された。

一人の女子高生が、ぬいぐるみを抱くかのようにチビ藻を後ろから抱き、持ち上げた。

「おい。何をする。放せっ」

「大丈夫だよ。お姉ちゃんたち運動部だから力もちだし。遠慮しなくてもいいわ」

「貴様、私と会話する気あるのかっ」

チビ藻の真っ当な主張は、女子高生には通じないらしい。女子高生の一団は、代わる代わるチビ藻を抱きかかえながら、あっという間に姿を消した。

「すごい」と名月は感嘆する。「あんなに堂々とした誘拐現場を見たのははじめてだ」

連れ去られる玉藻を見送り、やはり、と覚悟を決めた。

やはり今回も自力で、問題を解決することになりそうだ。

正智院の近くにある町石をいくつか調べる。一メートルほどの石の卒塔婆には、梵字《ぼんじ》とでもいうのだろうか、奇妙なマークが刻まれていた。

「この近くには、いなそうだな」

名月は見きりをつけ、東へ進む。すでに太陽は高い位置にある。日差しが真上から、名月を照らし、冷え切った名月の頭部を暖めてくれた。

とにかく動く、というしか問題解決の方策はない。小さな街とはいえ、人一人を捜し出すのは、かなりの根気と忍耐力が必要だった。

とにかく思い付く限りの町石を調べる。が、どこを調べても、犬飼一の姿はなく、すべてが徒労に終わる。

気がつけば、日は随分と傾いていた。空は深紅に染まっている。体に重く疲労感がのしかかる。今日得たものといえば、町石には様々な形があり、つくられた年代も目的もバラバラである、ということぐらいだ。こんな知識、体で覚えなくとも高野山の観光局にいけば、三十分とかからず習得できる。

「はあ。どうしたもんかな」

「おやおやどうしたものですかね」

なんの脈絡もなく、背後から発生した声に、名月は肩を大きく上下させた。振り向くと金髪碧眼の男が白い歯を見せ、佇《たたず》んでいる。夕日に照らされた金髪が、燃え上がるように輝いていた。

「びっくりした。いきなり話しかけないでください」

「おやおや。申し訳ないな。それで目的のお坊さんは見つかったかい？」

「いや」名月は首を横に振った。「そちらはどうです？」

「こちらのほうも、大変申し訳ない。としか言えないかな」

金髪碧眼の男の返答に、名月は落胆した。あまり期待してはいなかったが、それでも心のどこかで安易な僥倖《ぎょうこう》を抱いていたのは事実だ。

「そうですか。協力してもらってありがとうございました」

「いえいえ。それで君はこれからどうするんだい？」

「一旦《いったん》、戻って出直そうと思います」

「そうか」と金髪碧眼の男は頷《うなず》いた。「じゃあ、僕もそろそろ帰るとするよ。いよいよ佳境だからね」

「佳境？」

「いや。こっちの話さ。じゃあ、僕はこれで」

金髪碧眼の男は名月の肩に手を置くと、そのまま歩き去ってしまった。

なんとも釈然としない。なにかが引っかかる。が、その引っかかりがなんなのかが分からなかった。

6

春寿堂に戻った時には日はとっぷりと沈んでいた。春寿堂から漏れる光が、夜の高野山から浮かび上がっている。扉を開け、中へ入る。

「お帰りなさい。名月さん」

「うん。ただいま」笑顔で迎えてくれる真理に返事をする。その流れで「師匠は帰ってる？」と続けた。

「いえ。まだ帰ってらっしゃらないですけど。どうしたんですかね」

「たぶん、不本意なハーレムで身動きがとれないんじゃないかな」名月は苦いものでも食べたように、舌を出した。「ハーレムって言っても、あれは相当しんどそうだ」

「どういうことですか？」

「いやなんでもないよ。あずきの様子はどうかな？」

　今朝のことだ。名月は出社してきた真理に、ある程度の事情を話し、店をまかせることにした。むろん、玉藻の現状や、あずきの容態についてはオブラートに包みまくって説明したわけだが、真理は疑いもせずに、一日店番をしてくれた。

「あずきちゃんなら、ついさっき工場に降りてきて落雁《らくがん》の残りを回収していきましたよ。まだ辛《つら》そうでしたけど、少しは食欲が出て来たんじゃないかな。私のつくったおかゆも食べてくれたし。でもそれ以外はずっと眠りっぱなしでしたね」

真理からの報告を受け、名月は少しだけ安心した。あくまでも食欲に忠実なあずきの態度に呆《あき》れこそするが、呆れられるということは、心配するよりも心が穏やかでいられる。

「少しあずきの様子を見てくるよ。申し訳ないけど店じまいをまかせていいかな」

「ええ、もちろんです」

真理の返事を受け、名月は春寿堂の二階へ上がった。廊下を抜け、自室を目指す。今、あずきが静養しているのは、名月の部屋だからだ。扉を開けようとして、思いとどまる。

一応、あずきも女の子なわけだから、ノックぐらいはした方がいいかな。

この店において、ノックをする文化を持っているのは自分だけだが、名月は律儀にノックをし、反応を待つ。

「反応がないってことは寝てるのかな」

扉を開いた名月の目に入ったのは、うつぶせに倒れるあずきの姿だった。布団から距離があり、どう考えても寝相でそうなったとは思えない。

「おいっ。あずき大丈夫か」

咄嗟《とっさ》にあずきに駆け寄り、体を揺すった。まったく反応がない。しかし幸い、息はしているらしく、背中はゆっくりと起伏している。そしてさらに幸いなのが、あずきの倒れ方だった。アホ面丸出しの弛緩《しかん》した顔に、口には食べかけの落雁が咥《くわ》えられていた。どう見ても絶命寸前の状態ではない。少なくとも命に別状はないはずだ。

「はあ。良かった」

名月は安堵《あんど》の息を漏らす。

あずきの安否が確認でき、ようやく冷静に現場を観察できるようになった。そして、奇妙なことに気づく。そもそも年端もいかぬ女の子が落雁を咥えたまま自室で倒れている、というだけで十分すぎるほど奇妙な光景なのだが、それ以上に奇妙なのが、倒れたあずきの指先に落ちているものだった。

落雁が落ちていた。

蓮《はす》の葉の落雁が一つ、そして蓮華《れんげ》の落雁が二つ落ちている。正確には、落ちている、というより綺麗《きれい》に並べられていた。そして、並べられた落雁の一つを、あずきが指さしている。

あずきが何かを伝えようとしているのは明らかだった。しかし、その内容がまったく見えてこない。

「いったいどういうつもりで、こんなダイイングメッセージもどきを行っているのか」

名月は独りごち、途方にくれる。まったくもって、この少女だけは人を馬鹿にしてくれる、と苦情すら言いたくなった。伝えたいことがあるなら、紙に書くなりすればいいだろうに。

「どうせ、最近観た映画の影響だろうけど」

名月は、顎《あご》に手をやり思考を巡らせた。あずきは一体、何を伝えようとしているのか。この状況で、無駄な情報を伝えようとするほど愚かではあるまい。

今、僕、いや僕たちが最も欲しい情報とは？

「あの少年僧の居場所……ということは、このメッセージの真相は」そこまで逡巡《しゅんじゅん》し、はたと気づいた。「あずきの指し示している場所にあの怪僧がいるということか」

では、とさらに名月は考える。では、この蓮の葉と蓮華の落雁は地図になっているのか。蓮の葉、蓮華、地図、頭の中で必死に繋《つな》げた。これも玉藻の言う『縁』であるとするならば、どこかにヒントが出ているはずだ。

廊下からぱたぱたと足音が聞こえる。開きっぱなしの扉をくぐり、真理が姿を現した。

「名月さん。あずきちゃんの様子どうです……」真理はそこまで言葉を紡ぎ、あずきの姿を見たのか「すごいですね」と台詞《せりふ》の軌道修正を図った。

「ああ。すごいな」

「本当にすごいです。あずきちゃんすごい寝相ですね」

「いやそうじゃない」名月は首を横にふり、大きく息を吐く。この息がため息なのか安堵なのか自分でも分からない。もうここまでくれば、後には引けない、と自身を鼓舞した。

「ねえ、栗原さん」

「はい？」

「昨日、落雁をつくった時に、まるで高野山みたい、とか言ってたけど、あれはどういう意味？」

「あれですか。高野山蓮華曼荼羅《まんだら》のことですよ」と真理は言った。「江戸時代の高野山の絵図で、高野山を一本の蓮華で表現したものです」

「昨日、真理さんが言いかけていたのはそれだよね」

「そうです。慈尊院《じそんいん》を蓮華の葉として、町石道を茎で表現して、高野山の中心を八葉《はちよう》の蓮華の花とし、そして奥の院を三弁《さんべん》の花としています」

「ちょうどこの落雁の位置関係みたいにかい」

「そうですね。それにしてもあずきちゃん不思議な寝方してますね」

「質問なんだけど」

「はい?」

「あずきが指さしている場所っていうのは、そのなんとか曼荼羅で言うところのどこなんだ」

「ああ。そこは奥の院ですね」

「やっぱり」

「何がやっぱり、なんです」

真理の問いかけに、名月は親指のツメを噛《か》みしめながら「やられた」と言った。

「やられた?」

「くそっあの金髪め。僕のことを騙《だま》したなっ」

「ええと」真理が困惑しながら「話が見えてこないんですけど」と繋げた。

「やっぱり今回も全部繋がってたってことだよ」

真理は小首を傾《かし》げた。

7

名月は夜の高野山の闇を裂くように疾走していた。

まったく、と名月は心のなかで毒づいた。奥の院は僕に何か恨みでもあるのだろうか、奥の院に行くときは大抵、煩わしい問題しか発生しない。

思えば、初めての縁を紡いだのも奥の院だったな、と思い出した。

「それにしても、なんで僕はこんなものを持ってきてしまったのか」

言いながら、名月は手に持っている紙袋を見た。中にはあるものが入っている。

以前、真理から没収した『人の願いを叶《かな》える妖書』だ。あと、以前、犬飼一に押しつけられた名刺代わりの『特製打ち上げ花火』も入っている。

疑問を口にしながら、名月はその理由を理解していた。

──その本はお主が持っておけ
以前玉藻が発した台詞だ。

玉藻の発する言葉は、一から十まで記憶しておかなければいけない、というのが、この一年間、玉藻と接する中で学んだことだった。玉藻の一挙手一投足すべてに意味や問題解決のヒントが隠されている。

「僕も、随分とあの店になじんだな」

名月は苦笑し、奥の院へ走る。おそらく奥の院で出会うであろう男のことを想像すると、胃がきりきりと痛んだ。

「あの野郎」と奥歯を嚙む。「なんでこんな簡単なことに気づけなかったんだ。あの馬鹿を捜すことに集中しすぎたのか？」

金髪碧眼《へきがん》の男。思えば、奴の行動は終始一貫して不審なところばかりだった。なんの脈絡もなく現れ、犬飼一を捕まえるのを邪魔したかと思えば、不自然な流れで犬飼一捜索に協力したり、自分から奥の院を調べに行くと言ってきたり。

そして、おそらく女子高生たちに玉藻を誘拐させるように促したのも、あの男だ。あの時、女子高生の一人が『イケメンの外国人に頼まれて』と言っていた。もし、その外国人があの男だとすると、奴は奥の院には行かずに、名月と同じ場所へ行き、女子高生たちをたきつけたということだ。でも、あの男は、奥の院に捜索へ行った、と嘘をついた。あるいは、奥の院へ行ったとしても、ずいぶんあとになってから、ということになる。

「そして、あのくそガキが奥の院にいるということは……」

奥の院前に到着し、休むことなく足を進める。周囲を墓で囲まれた道は、夜だと一層不気味に感じた。石畳が途切れ、地面がむき出しになる。そこからさらに進むと、小さな川を渡る橋があり、さらに進むと無縁仏を鎮める地蔵がピラミッドのように積み重なった場所に出る。

「奴の目的は攪乱《かくらん》と陽動と妨害」

そう言って名月は足を止めた。息を整え、目の前に佇《たたず》んでいる人物を見る。

そこには金髪碧眼の男がいた。異様なのはその格好だ。高野山の僧侶《そうりょ》が着る僧服を身につけている。普通は僧服は黒が基調のはずだが、なぜか金髪碧眼の男が着ているのは、深《しん》紅《く》の僧服だった。

「ご名答。いやあでもまさか、ここまで来るとは思ってもみなかった」

ぱちぱちと手を鳴らし、金髪碧眼の男が言った。名月は金髪碧眼の男を睨《にら》み付ける。

「おい。あんたは一体なんなんだ。何が目的で僕の邪魔をしたんだ？」

「邪魔をしたのは君の方だよ。せっかく七里結界が壊れようとしてるのに、それを阻止しようとするんだからね。せっかくここまでお膳立《ぜんだ》てしたんだから、水を差すような真似は控えて貰《もら》いたいな」

要領を得ないことを言う金髪碧眼の男に、名月は苛立《いらだ》ちを覚える。

「どういうことだよ？　お膳立て？　お前がしたのは僕の邪魔立てだけだろ」

「どうだろうね」

「どうだろうな」

隣からチビ藻の声が聞こえそちらを見やる。知らない間にチビ藻が控えていた。奥の院の闇と同化するように、気配を消していたようだ。

「師匠、いつからいたんです？」もはや驚く気力すら湧かない。

「今きたところだ」とチビ藻は平然と言ってのける。「待たせたな。諸君らの心を摑《つか》んで放さない玉藻様の登場だ」

「女子高生に摑まれて放してもらえないの間違いじゃないですか？」

「お主、見ていたのなら助けんか。まったくえらい目にあった。力が戻った暁には、奴らにどのような神罰を与えてくれよう」

「そんな有様で神罰なんて与えられるのかい？　玉藻くん」

金髪碧眼の男が、鼻を鳴らして指摘した。玉藻は男をひと睨みすると「随分とやってくれたな法印《ほういん》」と男の名前らしきものを口にする。

「師匠。あいつと知り合いなのか？」名月は疲れたような表情になった。「頼むから、これ以上、事態をややこしくしないでくれ」と半ば懇願に近い言葉を発する。

「残念だが。私と奴は数百年来の仲だよ」チビ藻は肩をすくめ説明する。

「残念だけど。僕と彼は数百年前の仲だよ」法印が訂正した。「彼と会うのはこれで二度目だからね」

「ちょっと待ってくれ。なんだよ数百年っていう途方もない年数は。あいつは一体、なんなんだ」

「あやつは法印、高野山にいる僧侶の中でもっとも力のある導師だ。あの赤い僧服がその目印だよ」

「正確には元、導師だけどねぇ」法印はくつくつと笑った。「なにせ僕は数百年も前に玉藻くんに殺されてるからね」

「殺されてる？　どう見てもお前生きてるじゃないか」

「まあ、正確には死んだも同然というやつだな」

「ああっ。もう。次から次へと意味の分からない情報ばっかり小出しにしやがって。いいか。もうこれ以上、質問しないからな」

「あやつはな。私のことを恨んでいるんだ」

「なんでだよ」

「それはもちろん。そこの玉藻くんに、僕の持っている力を全て奪われて、限りなく霊体に近い体を押しつけられて、しかも、僕以外の存在には僕のことを認知できない呪いをかけられた。まさに生き地獄だよ」

「師匠。あんた悪魔か何かか。それだけされれば誰だって恨むぞ」

「落ち着け名月よ」チビ藻は説き伏せるように言う。「今回ばかりは、すべて説明してやるから。あの法印という導師は、外道だ。名月のように物の怪《け》や幽霊を見ることができて、さらにそれらを支配する力を持っていた。そして数百年前、私のことも支配しようとしたわけだ。身の程知らずにもな。まったく歴代の『法印』は聖人揃いだというのに……あやつだけは邪悪の塊なのだから困ったものだ。その邪悪さのせいで、奴は私に成敗された。典型的な逆恨みだな。ついでに私の目の届く範囲にいるように高野山から出られないようにもした」

「どういうことですか？」

「高野山の導師は、その任期中、高野山から下りることが許されないという決まりがあっての。奴はその任期中に私に敗れたので、その呪縛から逃れられないのだ。そして、その呪縛こそ」

「七里結界ってことですね」名月が玉藻の言葉を引き継いだ。「だから、こいつはその七里結界を壊そうとしたんだ」

「左様。力もなくし、さらには実体すらなくした法印は、実に大人しかった。それが……」

「名月くんのおかげで、僕は今、ここまで存在を取り戻せてるんだよ。名月くんが、玉藻くんに大規模な妖術《ようじゅつ》を使わせてくれたおかげで、僕を束縛していた力が弱まった」

大規模な妖術？　名月の頭に疑問符が浮かぶ。そんなものいつ使ったのだ？

「人の夢の中に、人間の魂を送り込むなんて荒技を使えば、その分、僕に割いてる力は弱くなるさ。ね、玉藻くん」

法印のこれ見よがしな台詞《せりふ》を聞き、名月ははっとし、記憶の糸を辿《たど》った。夢の妖怪《ようかい》バクの事件だ。あの時、名月は、伊波遥香《いなみはるか》というアイドルの夢の中へ潜入して、彼女を目覚めさせた。大規模な妖術とは、あの時、玉藻が使った術のことか。

「師匠。普段から、あまり神様らしい力は使ってないと思ってたけど、そういう事情があったんですか？」

「まあな。どちらにせよ。私は不用意に術を使うのが好かんからの。それに、法印に対して気をとめなくてよくなったおかげで、篤胤の母親の病気を治すことが出来たのだから、これも縁というやつだよ」

「まったく。いったいどこまで繋《つな》がるんですか？」

「どこまでも繋がるさ」と玉藻は一度言葉を区切った。物事の核心をつくかのような間がそこにはある。「ずいぶんと姑息《こそく》な手段を用いてくるの。法印」

「姑息じゃなく、戦略的と言ってほしいな。結構大変だったんだよ。ここまで持ってくるのにほぼ一月かかったんだから。まあでも、これもやっぱり君のおかげだよ。名月くん。

君のおかげで、僕はさらに自由になれる」

「僕のおかげってどういうことだ？」

「君は、この一月の間に一度も疑問に思わなかったのかい？　幽霊や妖怪が見える身とはいえ、この一月、君はあまりにも怪異なるものと関わることになったはずだ」

たしかに、と名月は法印の言葉に納得する。たしかに、この一ヶ月、幽霊や妖怪と異常なほど関わる回数が多かった。名月自身も実感していたが、それは、いうなれば、間や運の悪さ、そういった周期的なものの延長だと、無理矢理自分を納得させていた。

しかし、この日この場所この時に、こんな台詞を聞くということは。

篤胤の事件、栗原真理の事件、そして、犬飼一の事件。

そのすべての事件の共通項はなんだ。と考え、はっとする。

「……お前、だったのか」

篤胤の母親は、男に毒を盛られていた。栗原真理は男から妖書を貰っていた。そして犬飼一は、男から聖杯と結界の話を聞いたと言っていた。

つまり、一連の事件の連鎖は偶然ではなく……

「そうだよ」とこちらの心中を察するように言葉を寄越した。「そんな極端なことがあるはずがない」

「まさか、お前が全部手引きしたってことか？」

「ご明察」法印は手をぱちぱちと鳴らした。「もし、あの子狐の母が病気にならなければ君は、あの人間の女性に出会うこともなかった。もし、あの女性の手に『人の願いを叶《かな》える妖書』が渡らなければ、彼女は君たちの店に通うこともなかった。もし、彼女が君の店に通わなければ、あの使いやすい僧侶を助けることもなかっただろう。もし……」と法印はその端整な顔とは不釣り合いなほど醜悪な笑みを浮かべた。「もし、それらのことが繋がらなければ、この七里結界が破壊されることもなかった。そして、なにより、君以外に、そこの玉藻くんを無力化させる適任者もいなかった。すべてが好都合だったよ」

「っ。つまり僕を利用したってことか。お膳立てということは、狐の母親の病気や、真理さんに妖書を渡して、あの馬鹿みたいな少年僧に七里結界のことを教えたのは……」

「そう。僕だよ。これこそ、玉藻くんの好きな『縁』というやつさ。僕は君との縁に感謝するよ」

名月は奥歯を嚙《か》み、怒りを堪《こら》える。こいつのせいで、狐の母親は死にかけ、真理が死にかけ、あずきが死にかけている。そう思うと、体の内側が熱くなるのを感じた。このまま、感情に任せて法印を殴りたい衝動に駆られるが、必死に平静を保つ。

「落ち着け名月よ」

「僕は落ち着いているさ。でも、あいつだけは気に喰《く》わない」

「ふふん」とチビ藻は鼻を上に向けた。「お主にしては珍しく感情的だの。そんなに周りの人間や妖怪が傷つけられたのが腹立たしいか？」

「当たり前だろうが」

名月の反応に、チビ藻はくつくつと笑った。

「一年前のお主なら、そういう感情など湧かなかったろ。なにせ人や妖怪と関わらない生活が欲しくてうちに就職したのだからな。それが今や、関わりたくない人間や妖怪の心配をし、そしてそういう者たちのために怒りすら覚えているのだ。愉快じゃないか」

「別にそういうわけじゃあ……」名月は否定しようとするが、言いよどむ。

「そう照れるな。お主のその成長を見られただけでも、わざわざ小さくなったかいがある」

「気に入らないな」そう言ったのは法印だ。「玉藻くんの言いぶりを聞いていると、まるで、僕が後ろで糸を引いていたことを知っていたようじゃないか」

「その通り。最初からきな臭さは感じていた。あまり狐の鼻を舐《な》めない方がいいぞ」

「おい、師匠まさか。嘘だろ。そういうことか」

名月は唖然《あぜん》とし、自分の記憶力の良さを呪った。十二月に入ってすぐの頃だ。名月は、犬飼一と法印が会話している姿を見ていた。そして、そのとき玉藻は怪しい笑みを浮かべ、名月を見た。

「あんた、ここまでの展開を全部読んでたっていうのか？」

ふふん、とチビ藻は鼻を鳴らす。「むろん。私を誰だと思っている？」

「よくもまあ、そこまで余裕でいられるね。玉藻くんはまったく力をつかえず、そこの名月くんは役立たずだ。そしてもうすぐあの便利な少年僧は、最後の町石、奥の院御百度石《おひゃくど》に力をこめる。ああ、そうそう」とここで法印は思い出したかのように言葉を発した。「最後の町石に力を込めると、あの少年は死ぬ」

「どういうことだよ？」

「ふふ。頭が良さそうに見えて、そうでもないみたいだね。あの子狐の母親や、あの人間の娘に渡した道具を考えてみなよ。どれも最終的には、破滅へ導くものだ。僕が少年僧に渡した杯だけ例外だとでも。あれはね、自分の魂を移す道具さ。じゃなきゃ、なんの力もない少年に七里結界を壊せるわけがない。魂を削るということは？」

「最終的には死ぬな」チビ藻があっけらかんと言い放つ。

「だからあの馬鹿、さっき会った時、異様にやつれてたのか」

「でももう手遅れだよ。今から何をしても、あの少年僧は止められない」

「でも、あんたなら止められる」

そういうが早いか、名月は妖書の入った紙袋の中から、犬飼一の名刺、もとい、特製ロケット花火を取り出した。すぐにグリップにある線を引き抜き、法印に投げつける。ロケット花火は火花をあげ、法印の顔面へ向かって飛んだ。

「おっと」

法印はロケット花火を軽くいなした。行き場をなくした花火は、そのまま上空まで上がり、綺麗《きれい》な火の花をつくって弾《はじ》ける。

「力がないってつらいよねえ」法印が笑顔で、しかし侮蔑《ぶべつ》するように言った。「中途半端に妖怪や幽霊が見えても、それらをどうにかする力がないんだから。それに力があっても力を失ったら、そこの玉藻くんみたいに縮むんだもんなあ。無様だね」

「好きに言っていろ」チビ藻が鋭く突き刺すように言った。「お主など、私が手を下す必要すらない」

「何が言いたいのかな」

「悪いが。お主と血湧き肉躍る展開をするつもりはない、ということだ。お主は、そんなことをする余裕のないまま、あっけなく、この縁の舞台から退場する」

「強がりをっ」法印が口元をゆがめた。

「さきほどお主は、名月と『縁』があったと言ったな」

「言ったさ」

「あまり縁を軽く考えない方がいい。縁というものはお主の考えている以上に、複雑で重層的なものだ。決してお主の手に負える代物ではない」

「何が言いたい？」

チビ藻は沈黙した。しかし、それは敗者の沈黙ではなく、まるでバネが飛び上がるために縮んでいる予備動作のような力強さがある。

名月が見守る中、ゆっくりと玉藻は口を開いた。

「あまり、私の弟子を舐めるなよ。お主程度の相手に、私の弟子の縁が利用されてたまるか。名月よっ」

「え、あ、はい」

「私が言いたいことは伝わったな。あとはお主次第だ」チビ藻はそういうとゆっくりと腕を上げ、名月の肩を指さした。「金色のがついてるぞ」

チビ藻に言われるがまま、肩を確認した。たしかに、名月の肩に金色の糸のようなものが付着している。一瞬、これはなんだろうか、と疑問が浮かび、すぐに、今朝、法印とぶつかった時のことを思い出した。手に持っている紙袋を見る。

ああ。なるほど。

納得するのと、体が動くのはほぼ同時だった。名月は素早く『人の願いを叶える妖書』を取り出すと、肩についた金色の糸を手に取った。以前、玉藻がこの妖書について語っていたことを思い出す。

——血でも、髪でもいい。その妖書に捧《ささ》げれば、その効力を発揮する。

妖書を広げた。

「それはっ」法印が初めて焦りの色を見せる。「どうするつもりだ！」

「ツメが甘かったの。その妖書が、名月の手に渡っているのは想定内にしろ、今、この場にあるのは想定外であろう？」チビ藻は勝ち誇った様子で語る。

「まさかこうなるのを予見して、持ってきたとでも？」

「そんな訳あるまい。だが、私がいなければ……私の言葉がなければ、この場に妖書があることなどなかったな」

「あんたがいなければ、僕はこんな進退窮まった状況になってない」名月は声を荒らげる。荒らげながら開いた妖書に法印の髪を入れた。「あんたが金髪で助かったよ。それ以外だったら、どれが誰の髪の毛か見分けがつかなかった」

「よせっ！」法印がこちらに足を踏み出した。

「誰がよすかっ！」

開いたページを勢いよく閉じる。直後、法印の体が光に包まれた。法印は踏み出した足を止め「あーあ」と平坦《へいたん》な声を出す。

「この本の力はお主が一番知っておるな」

「もちろん」法印は恬淡《てんたん》とした様子で応じた。「せっかくここまできたのに残念だなあ」

「私の言った通り、あっけない結末だったな」

「本当にそのようだね。普通もう少し闘いや熱い展開があってもよさそうなものなのにねえ」

「闘う力のないお主が相手なのだから仕方あるまいに。お主の敗因は、複雑明快だ」

「複雑なのに明快なのかい？」

「複雑に絡まる縁を利用しようとしたということだ。お主に操られるほど、名月の持つ縁の力はやすくはない」

「なるほどね」法印はすがすがしさすら滲《にじ》ませる。「そりゃあ、僕が負けるわけだ。縁を利用したつもりが、縁に止《とど》めをさされたんだから。あの女性を使わなければ僕の目的は達成されなかったけど、あの女性がいたから、この場所を突き止められて、さらにその妖書で止めをさされたんだからね。びっくりだ」

「お主はこれから消える。何か言い残すことはあるか？」

「僕が消えたとしても、七里結界の崩壊はとめられないよ？　この勝負、おあいこ……」

法印の言葉にかぶせるように、「おおい。相棒、大丈夫かあ！」という犬飼一の声が聞こえてきた。

犬飼一が、名月に手を振って走ってくる。それを見た法印は、目を見開き、「馬鹿な」と驚嘆の声をあげる。

「さっき、あんたに撃ったロケット花火は、あのアホ丸出しの少年僧のものだ」と名月は法印に説明する。「あいつは、あの花火を打ち上げれば『どんなことよりも優先して、駆けつける』って言ってたんだ。あいつはアホを図面にしてそのまま、組み立てたような奴だけど、たぶん」名月は言葉を区切り、まっすぐに法印を見つめた。「たぶん、嘘はつかない」

「すごいね。ちょっとしか交流のない人間をよくもまあ、そこまで信じられたもんだ」

「まあ、師匠のいう縁ってやつを信じたんだ」名月は肩をすくめ、不本意そうな表情をつくる。

「完敗だなあ」

そう言った法印の体は、まるで砂時計から流れる砂のように、崩れていた。小さな光の粒子となって、空中へ霧散している。

「結構。では今宵の縁はこれまでにしよう」

「まったく残念だよ。完璧《かんぺき》だと思った計画が、綺麗さっぱり僕の体のように砕けたのだから。僕の願いは『この山から解放されたい』だからね。おそらく、この体の変異はそういうことを示しているんだろう。いやあ、本当に残念だ。いよいよ最後まで、玉藻くんに勝てなかった。でも愉快だよ。名月くん、君は僕のように妖怪《ようかい》や幽霊を支配することができないのに、僕を上回ったんだから。意外と君は大物かもしれないよ」

それが法印の最後の言葉だった。法印の体は、その全てが光の粒子になり、高野山の空へ霧散した。しだいに光の粒子が消え、完全に法印の気配が消える。

ようやく全てが終わった、と名月は脱力して、その場に座り込んだ。チビ藻を見やり、思いの丈をぶちまける。

「師匠、あんたどこまでこれを見越していた？」

「むろん」とチビ藻はお馴染《なじ》みになった台詞《せりふ》を口にする。「すべてよ」

「相変わらず、高い位置から物を言ってくれるなあ」

「相手の三手先を読んでこその神だからの。それに最初に言ったろ？」

「なんて？」

「お主の紡ぐ、和菓子の縁を見届けさせてもらう、とな」

「ふざけてる。これもあんたの言う縁だとでもいうのか」

「何か問題でもあるのか」

「いや、もう、全部がどうでもいいや」

名月は服が汚れるのも気にせず、仰向けに倒れた。杉に囲まれた視界では、あまり星空が見えない。地面ごしに伝わってくる足音に、名月は今後の展開を予想し、苦笑いを浮かべる。

「誰が呼んだか、お茶の間のアイドルにて人類の救世主の俺登場だ。どうした相棒。何か困ったことでも起きたか。俺でよかったら、なんでも力になるぜ」

犬飼一が親指をたて、見下ろしてくる。諸悪の根源がまあ、脳天気なもんだ、と感心した。感心し、笑いがこみ上げる。

「いいか。これ以上、町石に力をこめるなよ。このまま後ろ向いて、高野山から消えてくれ」

「でなければ、私がお前をこの山に閉じ込める」

玉藻と名月の台詞に、犬飼一はきょとんとした表情になる。

8

一月一日、元日だ。時刻は深夜二時。名月たちは近くの神社に向かっていた。夜中ではあるが、初詣《はつもうで》に行く人たちの姿もちらほら見える。高野山の深夜にしては、ずいぶんと騒がしい。

「ねえ、名月お兄ちゃん。人がいっぱいいるね。楽しいね」

「騒がしいわね。やだやだ。うちは別に来たくなかったのに」

「そうですか。そうですね」

「名月さん。随分と賑《にぎ》やかですね」

「あずき、お腹すいた。高野山のお正月は屋台が出ないからつまんない。知らないけど」

「名月様と年を越せるなんて、僕光栄の極みです」

「あらあら。お母さんも一緒に連れてってもらえるなんて嬉《うれ》しいわあ。本当は名月くんと二人っきりだったらもっとよかったのだけど」

「相棒、金魚すくいがないなら西室院で鯉をすくおうぜ。入れ食いだ。鯉をすくって救うだ。お仏教界のアイドルとしては、小動物に優しいところも見せておきたい」

付喪神の緑、赤、青、真理とあずき、さらには篤胤とその母親、あげく犬飼一までもが口々に感想を漏らす。名月はこの騒々しさに辟易《へきえき》しながら、神社を目指していた。

「本当に初詣に来ることになるとは……」

「想像もできなかったか？」

力が戻り、大人の姿になった玉藻が言ってくる。

「ええ。びっくりです」

神社に到着する。人目をさけるようにつくられた小さな神社だ。人気もなく、人間、神、妖怪が入り乱れる集団にはふさわしいものに思えた。実は真理の傍らには、真理の姉の霊体も控えているのだが、そのことについては触れないでおく。

「人気がなくてつまんない」緑が頬をふくらませた。

「別にどっちでもいいわ」

「そうですか。そうですね」

「名月さん。ちょっと怖いですね」

「あずき、お腹すいた。知らないけど」

「僕は名月様と一緒にいられるならどこでもかまいません」

「ねえ、名月君。二人だけであっちの藪の中に入らない？」

「相棒。やっぱり金魚すくいはねえなあ。ついでに俺も腹が減ったぜ」

「分かった分かった」名月は両手を挙げ、降参のポーズをつくった。「帰りに何か好きなものを買ってやるから、はやく初詣をすませよう」

「えっ。本当、お兄ちゃん。わーい。じゃあ僕、リンゴ飴《あめ》が食べたい」

「あ、あたしは、綿飴が食べたい」

「……水飴がいいです」

「なんで屋台菓子限定なんだよ……」と名月。

「名月さん。私、名月さんが買ってくれるならなんでもいいです」

「ぼ、僕もです」

「お母さんは、お母さんを名月くんに買ってもらいたいわ」

「あずきは、たこ焼きとイカ焼きとフランクフルトとベビーカステラと……とりあえず全部食べたい」

「相棒。どっかの飯屋でフードファイトしようぜ。最近は大食い系男子がトレンドだと聞くしな。これもアイドルへの近道だ」

「はいはい」

名月は諦《あきら》めたように返事をする。賽銭《さいせん》箱にお金を入れ、鈴を鳴らした。鈴の音に混じり、玉藻の「ふふ」という笑い声が聞こえてくる。

「なんです師匠？」

「お主が楽しそうなのでな、つい笑ってしまう」

「僕が楽しそう。この状況を見てよくそんなこと言えますね」

「お主気づいておらんのか」玉藻は呆《あき》れ口調で言ってくる。「お主の口元、笑っておるぞ」

慌てて口元を触った。玉藻の言うとおり、名月の口元は愉快げに緩んでいた。なぜ、と自問し、慌てる。そして、まあ、いいや、と投げやりに笑ってみせる。

「本当に去年は騒がしかった」

「お主にとっては刺激的なものだったろう？」

「まったくもって。刺激的で、しんどかったです。それでも……」とここで名月は言葉を区切った。これを言ってしまうのはあまりに恥ずかしい。そう思いながらも、毒を食らわば皿までの気持ちでその言葉を口にする。「それでも、まあ、悪くない一年間でした」

周囲の人たちが、にんまりと笑うのが伝わり、名月は顔を上気させた。意識をそらすように「はやく初詣しちゃいましょうよ」と進言する。

「よろしかろ。名月よ。昨年も世話になったな。今年もよろしく頼むぞ、皆の者。ではいくぞ」

玉藻の合図をもとに、その場にいる全員が息を吸い込んだ。誰が合図するわけでなく、同時に口を開いた。

『あけましておめでとうございます！』

去年まで何もなかった自分が今こうして、妖怪、幽霊、後輩、よく分からない人間、付喪神に式神、そして師匠の皮を被《かぶ》った玉藻という神に囲まれて年を越した。あまりにも雑然としている。これが、玉藻のいう縁を紡いだ結果、というのだろうか。

今年もろくでもない縁が結ばれるのだろう、と名月は苦笑し、心の中である言葉を付け加えた。

でも、まあ、悪くはない。

菓遊庵

～春寿堂のお品書き～

あやかし和菓子の作り方

生菓子『柊』（2巻2話登場）

☆材料＆道具☆（配合・約10個分～）

◎道明寺羹

【道明寺種】

・道明寺粉	20g
・水	40 cc
・グラニュー糖	12g

※お米を四つ割りにしたものを道明寺と言います。

【錦玉液】

・寒天	5g
・水	200 cc
・グラニュー糖	200g
・水飴	35g

◎半錦玉羹

【半錦玉液】

・寒天	5g
・水	230 cc
・グラニュー糖	210g
・水飴	40g
・こしあん	175g

◎柊の葉と実

・煉りきり（白餡ベースの生地）もしくは白餡を少々。

・色粉（緑・赤）

◎道具

・へら
・ラップ
・抜き型
・半球形カップ

「柊」完成図

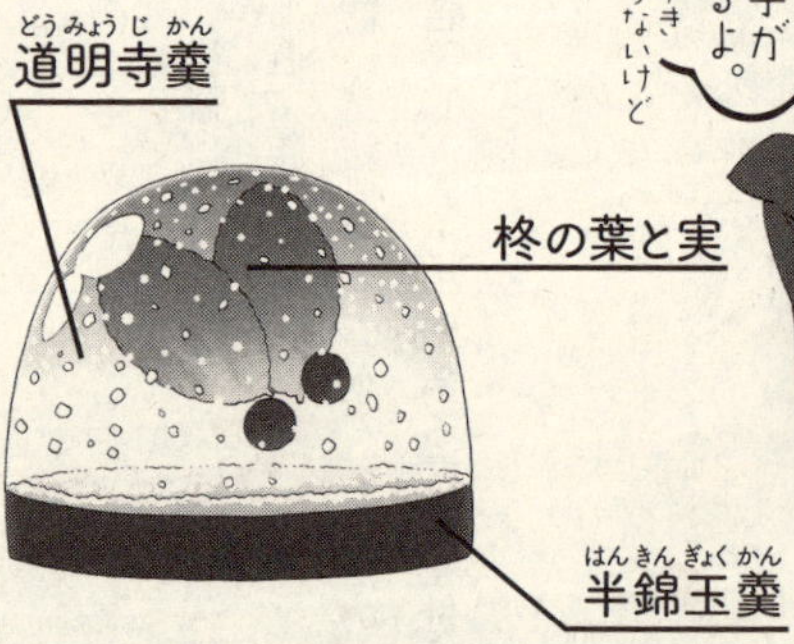

冬の雪景色をイメージした羊羹タイプの和菓子です。

○まずは羊羹部分を作るための下ごしらえをします。

手順一　寒天の戻し方

・寒天（糸・粉どちらでも可）5gを二つ、たっぷりの水で一晩つける。

※たっぷりの水でつけると、錦玉の透明感がよくなります。

手順二　道明寺種の作り方

・水40ccを鍋にかけ、沸騰したら道明寺粉を加えて、静かに混ぜる。

・かゆ状になったら火を止めて、グラニュー糖をくわえて混ぜる。

・あら熱を抜いたらラップの上にできるだけ薄く広げ、その上にさらにラップを被せて冷蔵庫で一晩寝かせる。

※急ぎの場合は、冷凍庫で一気に冷やすのもあり。

手順三　柊の葉と実の作り方

・煉りきりを色粉で緑に着色して、一ミリほどの薄さに伸ばして抜き型を押し、葉の形に整える。

・柊の実は、赤く着色した生地を小さく丸めるだけ。

※白餡を使う場合は着色後に冷蔵庫で冷やして締め、取り出したら素早く型を抜く。

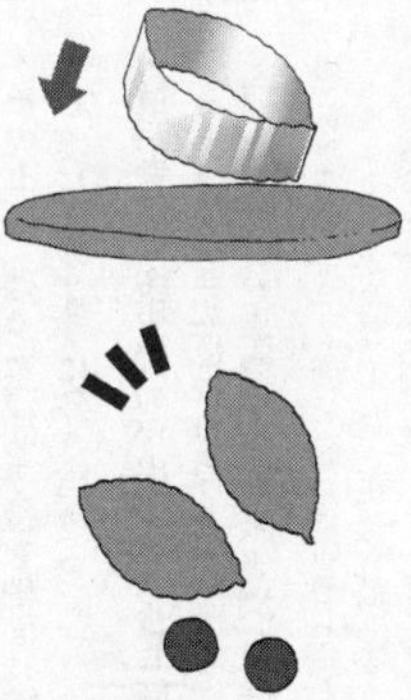

○ここからは半錦玉羹の素と道明寺羹の素を同時進行で作ります。半錦玉羹の素が完成したら、道明寺羹の素を作るあいだに固まらないよう、定期的に混ぜながら湯煎しておきます。最後にそれぞれを半球形のカップに流し込みます。

手順四　半錦玉羹の素の作り方

・前日からつけておいた寒天5gと水230ccを鍋に入れ、沸騰させる。
・完全に寒天が溶けたら、グラニュー糖を投入する。
・グラニュー糖が溶けたら、こしあんを少しずつ入れ、溶かしていく。
・餡が溶けたら、水飴を入れる。火を止めて、余熱で水飴を溶かす。

手順五　道明寺羹の素の作り方

・グラニュー糖投入までは半錦玉羹の素と同じ。
・グラニュー糖が溶けたタイミングで、こしあんを入れず、すぐに水飴を入れます。これにより透明な錦玉になります。
・出来上がった道明寺羹の素に、十分ほど蒸し返した道明寺種を三分の一ほど入れ、かき混ぜます。

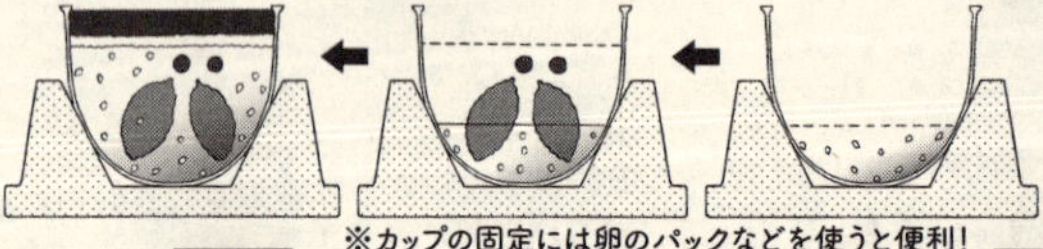
※カップの固定には卵のパックなどを使うと便利!

手順六　柊の仕上げ

・用意したカップに、三分の一まで道明寺羹の素を流し込む。
・柊の葉と実を入れ、すぐに三分の二の位置まで、道明寺羹の素を流し込む。
・その上に、残った道明寺種を地面に積もった雪のように敷き詰める。
・道明寺羹に多少弾力が出るまで少し時間をおき、完全に固まりきらないうちに湯煎しておいた半錦玉羹の素を流し込む。

※この手法を半止まりと言い、完全に固まってから羊羹を流すと、型からはずした時に上手くひっつかないことがあるので注意が必要です。

手順七　完成！

・羊羹が完全に固まったら、カップから抜いて完成！

あとがき

読者の皆さん、お久しぶりです。『幽遊菓庵《ゆうゆうかあん》』の著者をさせて頂いております真鍋卓《まなべすぐる》です。もしかすると、はじめまして、という方もいらっしゃると思いますので、はじめまして、ともご挨拶《あいさつ》させて頂ければと思います。

この度《たび》、幽遊菓庵の二巻を出せたのも、読者様や書店さん富士見書房《ふじみしょぼう》さんの応援のたまものなので、本当に感謝しております。ある意味、本作のキーワードである『縁』なるものが、読者様や本作を応援して下さっている色々な方々と著者の間に出来上がった証明なのかもしれません。

なんとなく恥ずかしい文面になったので、このあたりで、本作のちょっとした小話を。

幽遊菓庵の、マスコットキャラを自称している『あずき』の行動についてです。

本作の二話で、あずきがあるミスを犯します。まだ、本編を読んでいない方もいらっしゃると思うので、具体的には記しませんが、実は、あのあずきのミスは、

――著者の勤める和菓子屋で本当にあったことなのです。

お恥ずかしいお話なのですが、事実です。でなければ著者程度の知能では、あのミスは想像も創造もできません。

あのミスはあずきがしでかすから可愛《かわい》らしいのであって、現実で、しかも一分一秒を争う作業中に、あれをしでかされては、はっきり言って、背中に冷たいものが流れ、その後の作業に垂れ込めた暗雲には、まさに手に汗握るものがありました。そのありえないミスを犯した先輩には、職場一同、黒い感謝の念を捧《ささ》げたのは言うまでもありません。

著者の心がちょっぴり汚れた瞬間でした。

せっかくなので、もう一つ、雑談を。

本書を隅々まで見て頂ければ分かると思いますが、本巻から、おまけ企画として、作中で登場した和菓子のレシピを公開しております。

それにともない、富士見L文庫さんのツイッターに、著者のつくった和菓子の写真が実際に投稿されるようです。

もともと、生菓子をつくってHPなどにのせたいと思ってはいたのですが、著者はPCや携帯などのピコピコ系が不得意なもので、その夢は半分諦《あきら》めていました。それが、この機会を得て、担当編集者さんのおかげで、願いがかなったといった感じです。

とはいえ、和菓子のレシピについては、特別な技術が必要のないようにしてありますので、興味とお暇があれば、挑戦してみて頂ければ、著者としても幸せです。

長々と、下らないお話をしましたが、このあたりで総まとめを。

今巻も、やはり主人公の紡ぐ『縁』と『和菓子』のお話です。そして前巻と同じく、『愉快である』ということを念頭に置いて、執筆させて頂きました。さらに今巻では、読み終わった時に『にぎやかなことは楽しきかな』と思って頂けるようなお話にしたつもりです。

これからも、皆様が楽しんで頂けるように努力していく所存です。もし三巻が出ることがありましたら、お会いできるのを楽しみにしております。

それでは、またのご縁を楽しみにしております。

２０１５年　１月

真鍋　卓

お便りはこちらまで

〒一〇二―八一七七
富士見書房　富士見L文庫編集部　気付
真鍋卓（様）宛
二星天（様）宛

富士見L文庫

幽《ゆう》遊《ゆう》菓《か》庵《あん》～春《しゅん》寿《じゅ》堂《どう》の怪《かい》奇《き》帳《ちょう》～二

真《ま》鍋《なべ》　卓《すぐる》

平成27年2月20日　初版発行

発行者　郡司　聡
発行所　株式会社KADOKAWA　http://www.kadokawa.co.jp/

企画・編集　富士見書房　http://fujimishobo.jp
〒102-8177　東京都千代田区富士見2-13-3
電話　営業　03(3238)8702　編集　03(3238)8641

印刷所　暁印刷
製本所　ＢＢＣ
装丁者　西村弘美

定価はカバーに表示してあります。

落丁・乱丁本は、送料小社負担にて、お取り替えいたします。　KADOKAWA読者係までご連絡ください。（古書店で購入したものについては、お取り替えできません）
電話 049-259-1100（9:00～17:00／土日、祝日、年末年始を除く）
〒354-0041 埼玉県入間郡三芳町藤久保550-1

ISBN 978-4-04-070512-5 C0193 Printed in Japan

富士見L文庫

悪魔交渉人シリーズ

栗原ちひろ
イラスト／THORES柴本

横浜の外れに佇む美術館に勤める、怠惰な職員・鷹栖晶の本当の職務。それは悪魔を視認できる唯一の人間として彼らと交渉すること。友人・音井の肉体を間借りする悪魔を相棒として、晶は悪魔にまつわる事件に挑んでいく――。

株式会社KADOKAWA　富士見書房　富士見L文庫

富士見L文庫

王女コクランと願いの悪魔

入江君人
イラスト／カズアキ

「さあ、願いを言うがいい」
「なら言うわ。とっとと帰って」

王女コクランのもとに現れた、なんでもひとつだけ願いを叶えてくれるというランプの悪魔。願うことなどなにもないと言い放つコクランにつきまとう悪魔が知った、真実の願いとは──？　運命を狂わす悪魔と孤独な王女の恋物語。

株式会社KADOKAWA　富士見書房　富士見L文庫

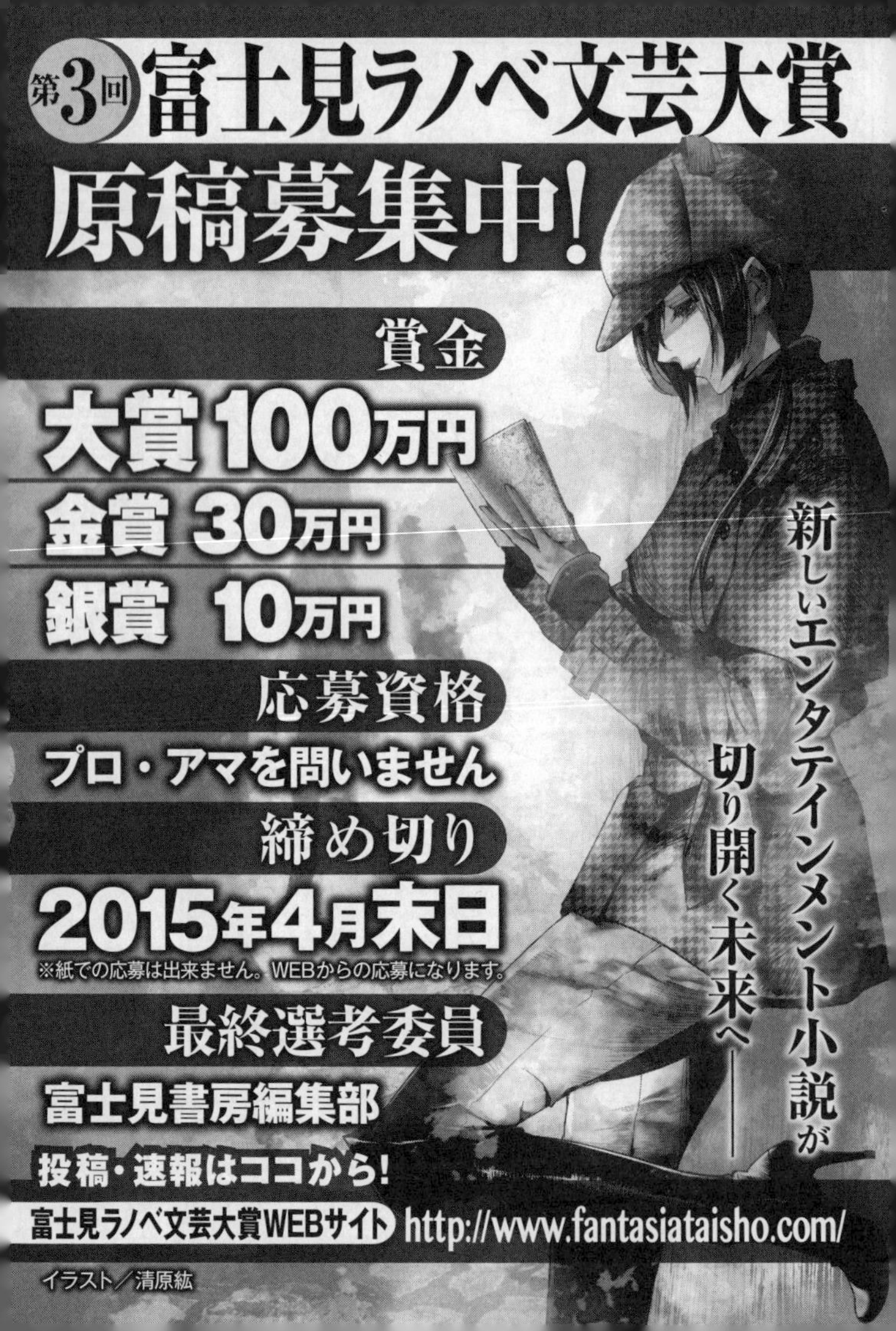

第3回 富士見ラノベ文芸大賞
原稿募集中！
賞金
大賞 100万円
金賞 30万円
銀賞 10万円
応募資格
プロ・アマを問いません
締め切り
2015年4月末日
※紙での応募は出来ません。WEBからの応募になります。
最終選考委員
富士見書房編集部
新しいエンタテインメント小説が
切り開く未来へ——
投稿・速報はココから！
富士見ラノベ文芸大賞WEBサイト http://www.fantasiataisho.com/
イラスト／清原紘